김홍

1986년 서울 출생.
2017년《동아일보》신춘문예에 당선되며 작품 활동을 시작했다.
소설집 『우리가 당신을 찾아갈 것이다』,
장편소설 『스모킹 오레오』가 있다.
'힐사이드 클럽'에서 활동.

엉엉

엉엉

오늘의 젊은 작가 39

김홍
장편소설

민음사

차례

시계는 오직 수도에만 있다.

광장에 솟은 시계탑은 왕의 권세다.

이것은 전부 시계에 대한 이야기다.

작은 마을에서는 시간을 알기 위해 사람을 보낸다. 오가는 데 꼬박 이틀이 걸린다. 오래 걸을 체력과 인내심을 가진 사람이 필요하다. 제법 많이 필요하다. 오차를 줄이기 위한 지침들이 존재한다. 시간을 구하러 떠난 사람은 먹거나 자지 않고 걷는다. 휴식도 금지되어 있다. 오래 전승된 마을의 과업이다.

마을을 떠난 이가 처음 가져온 시간은 1시 42분이다. 시간

장부의 첫 책은 그렇게 시작된다. 하지만 어떤 시간도 더 귀하거나 덜 중요하지 않다. 새로운 시간은 금세 도착한다. 벽에 적힌 시간은 규율이 된다.

걷는 사람의 속도는 저마다 다르다. 돌부리에 걸려 넘어지기도 한다. 탈진해 쓰러지는 일도 다반사다. 멈춘 사람은 시간을 들여 스스로 회복해야 한다. 그래도 구멍 난 시간은 언제나 메워진다.

영영 돌아오지 않는 사람도 있다. 마을은 떠난 사람에 대해 말하지 않는다. 입에서 사라진 것은 기억에서도 잊혀진다.

어느 해 큰비가 내려 수도로 가는 길이 막혔다. 관리 다섯의 목을 쳤지만 비는 그치지 않았다. 근심 깊은 왕의 이마에 주름이 패었다. 누군가는 시간을 품은 채 길에서 돌아오지 못했다. 간신히 마을에 도착한 이들의 시간은 엉켜 있었다. 경계를 넘은 순서대로 장부가 채워졌다. 시간은 한동안 엉망이 됐다. 하지만 언제나 다음 순서를 채울 사람이 대기하고 있다. 시간의 흐름은 머지않아 바로잡힌다. 훗날 그 페이지를 검은 천으로 가릴지에 대해 격론이 벌어진다.

오래 시간을 받으러 다닌 사람은 늙어서 다시 한번 수도에 간다. 그때만큼은 시간과 무관하다. 처음이자 마지막 여행이다. 숱하게 오가던 시계탑 앞에서 시간을 보낸다. 왕의 관리는 하루 두 번 시계탑의 종을 울린다. 의무 없이 시간을 보는 노인의 마음은 벅차오른다. 종소리를 듣고서 이렇게 말한다.

12시네.

한참을 그 자리에 머문다. 날이 어두워지고, 광장에는 자기 발을 핥는 떠돌이 개와 노인만 남는다. 평생을 실어 나른 시간에 대해 생각한다. 좋은 시간도 있고, 나쁜 시간도 있었다. 애매한 시간도 있고, 구체적인 시간도 있었다. 앞으로의 영원하고 지루한 시간이 두려워질 때쯤 종이 다시 울리고, 노인은 이렇게 말한다.

12시군.

1

다른 모든 사람들과 마찬가지로, 나는 고지서를 받는다. 이름이 적힌 종이는 나의 모든 것을 알고 있다. 내가 어디에 사는지. 전기를 얼마나 쓰며 물은 얼마나 마시는지. 지난달에 카드로 결제한 내역은 얼마나 되며 1년 동안 얼마를 벌었는지. 내가 어제 먹은 카레에 당근을 넣었는지 안 넣었는지 같은 것도 알고 있을 것이다. 그들은 아주 사소한 것조차 놓치지 않는다.

위태로운 건 과거만이 아니다. 미래를 조종하는 힘에서도 자유롭지 않다. 내가 어디에서 무엇을 할지는 이미 정해져 있다. 무슨 교육 같은 것에 참석하라든가. 언제까지 돈 얼마를 어느 은행으로 부치라든가. 때가 됐으니 병원에 가서 검사대 위에 누우라든가. 문자로, 전화로, 메일로 날아드는 모든 메시지는 나의 다음 일정을 나보다 먼저 알고 있다. 가끔 나는 완전히 덫에 걸린 기분이 든다.

안타깝게도, 나는 자발적으로 이 덫에 들어갔다. 필요에 의해 정보를 제출하기도 했고 부지불식간에 동의하기도 했다. 시스템 안에서 살아가려면 항복하는 수밖에 없다. 무릎만 안 꿇었지 매 순간이 충성 서약이다.

내 정보를 담은 바구니는 자주 넘친다. 바닥에 떨어진 나를 주워 가는 사람들이 킬로그램당 500원에 나를 매절한다. 보이스 피싱에 종사하는 텔레마케터들은 대체로 내 이름과 주소를 정확히 알고 있다.

사정이 이렇다 보니 언젠가부터 나 자신을 지키는 것을 완전히 포기해 버렸다. 어떤 자물쇠를 걸어 놓든 그들은 문을 따고 들어올 것이다. 그게 정부든 범죄자든 상관없다. 이쪽 분야에 관해서라면 그 둘은 거의 구분되지 않는다. 차라리 편히 쉬다 가시라고 방을 비워 두는 게 깔끔하다. 구석에 다과라도 준비해 놓는 편이 좋다. 되도록 많은 은행에 계좌를 열고 자산을 분산해 두는 걸 추천한다. 통장을 털어 가는 사람과 일종의 합의를 하는 셈이다. 다른 계좌는 뒤지지 말고 돈 백만 원 그냥 가져가세요. 대신 악수나 한번 시원하게 합시다. 저쪽에서 내 뜻을 알아줄지는 미지수다.

최악의 상황이지만 좋은 점이 아주 없지는 않았다. 나보다 나를 더 잘 아는 그들 덕분에 한동안 본체의 안부를 짐작할 수 있었다. 가 본 적 없는 동네에서 주차 위반 딱지가 날아오면 본체구나, 싶었다. 강원도의 어느 식자재 마트에서 고소장이 날아오기도 했다. 백만 원어치 외상을 갚으라는 내용이었다. 본체가 무슨 식당 같은 걸 하고 있나 보다 생각이 들었다. 굶고 다니지는 않는 것 같아서 안심이 됐다. 체포 영장 같은 건 아니었으니 제법 성실한 생활을 하고 있는 것 같았다.

　사실, 고지서가 없어도 본체의 기본적인 상태는 대충 알 수 있었다. 아무래도 본체는 나 자신이기도 하니까. 마음을 가라앉히고 집중하면 본체가 느껴졌다. 리드미컬한 박동이 느껴질 때 본체는 아마 음악을 듣고 있었을 거다. 축축한 습기 같은 게 느껴지기도 했다. 그때 본체는 조금 슬펐을 수도 있고, 아니면 어느 지하방에서 뒹굴거리고 있었는지도 모른다. 한번은 본체의 마음이 붉은색이었는데, 밝으면서 동시에 서늘했다. 냉라면에 레드 와인을 곁들였을 것이다.

　내가 본체를 느낄 수 있다면 반대도 가능할 거다. 이 점을 활용해 본체에게 마음을 전해 보기도 했다. 생각보다 할 말이 별로 없다는 게 문제였다. 우리는 오래 함께 지냈지만 너무 늦게 만났고 금방 헤어졌다. 서로의 모든 것을 알고 있지만 어느 부분에 대해서는 까맣게 몰랐다. 그래서 이런 마음을 보냈다.

"보고 싶다. 그리고 돈 갚아."

고지서나 고소장 말고도 본체는 내게 여러 빚을 졌다. 집을 떠나던 날 장롱 밑에 감춰 둔 비상금 뭉치를 들고 나간 것도 그중 하나였다. 내 카드로 대출을 받은 것만 해도 몇백이었다. 마음은 사라져도 채무는 남는다.

나의 진심 어린 메시지가 전달된 걸까? 언젠가부터 본체로부터의 소식이 뜸해졌다. 고지서도 오지 않고 눈을 감아도 너무 멀게만 느껴졌다. 어디 섬에라도 들어갔나 생각했다. 본체에게 여권이 없다는 게 그나마 안심이 되었다. 나는 주민등록증보다 여권을 믿었다. 수첩만 한 게 작은 책 같기도 하고, 표지의 두껍고 까슬한 재질이 마음에 들었다. 결정적으로 여권의 실효성은 떠나는 나라와 도착하는 나라 양쪽에서 더불 체크 되니까 두 배로 안심됐다. 그래서 주민등록증을 잃어버린 뒤에도 재발급받지 않고 여권을 챙겨 다녔다.

문제는 여권 사진이 지금의 내 얼굴과 조금 달라 보인다는 거였다. 억지로 귀 뒤로 넘긴 옆머리 때문이기도 하고, 사진보다 홀쭉해진 뺨 때문인 것 같기도 했다. 본체가 내게서 빠져나간 게 체중에도 영향을 준 것 같았다. 새로 찍은 사진으로 여권을 교체할 수도 있겠지만 그러기는 싫었다. 돈도 아깝고 귀찮았다. 동사무소 직원의 갸웃거리는 오해의 몸짓을 지문 인식기로 불식시켜 나갔다.

그렇다고 불편한 일이 아주 없지는 않았다. 집을 구하느라 찾은 부동산에서 어김없이 추궁을 당한 거다. 한참 돌아다니다가 겨우 마음에 드는 물건을 찾아낸 참이었다. 보증금이며 월세도 괜찮았지만 특히 뭐가 맘에 들었느냐 하면 일단 1층이 아니라는 점이 좋았다. 1층은 땅에 맞닿아 있는 탓에 벌레가 수시로 드나든다. 웬만한 벌레는 다 잡을 수 있는데 바퀴벌레만큼은 견딜 수가 없었다. 바퀴벌레라는 게 원체 여기저기서 미움받는 생물이긴 하지만 나는 정말 누구보다도 강력하게 바퀴벌레를 혐오한다고 자신할 수 있다. 내가 "바퀴벌레를 싫어해요."라고 말할 때 "나도."라고 대답하는 사람에게는 절대 호감을 가질 수 없다. 나는 "내가 더."라고 말하는 걸 안 좋아하는 사람이기 때문이다. 바퀴벌레는 그래픽이라도 참을 수 없었다. 컴배트 광고가 나오면 무조건 채널을 돌렸다. 가장 끔찍한 악몽 역시 바퀴벌레가 등장하는 꿈이었다. 바퀴벌레가 1층에만 나오는 건 아니지만 그 가능성 일부를 줄일 수라도 있다는 점에서 1층은 가급적 피하고 싶었다.

　그리고 2층이 아니라는 점도 좋았다. 2층은 1층과 너무 가깝기 때문에 여전히 불안했다. 결정적으로 4층도 아니었다. 4 대신 F라고 써넣거나 번호를 빼는 미신에 관심이 아주 없는 건 아니었고, 분명히 좀 신경이 쓰이기는 했다. 하지만 무엇보다 중요한 건 안전이었다. 4층부터는 창문에서 뛰어내리는 데 따른 상해의 위험도가 현저히 증가한다. 창문에서 뛰어 내릴 일은 생각보다 많이 벌어진다. 없기를 바라지만 현실적으로 생각해야 한다. 만두를 구워 먹으려고 한 것뿐인데 갑자기 기름에 불이 붙거나, 당황해서 불을 끈다고 거기에 물을 부어 버렸다거나, 현관문이 잠겼는데 문틀이 찌그러져 절대 열리지 않는 관계로 밖에 나갈 수 없다거나, 자연재해 때문에 바퀴벌레가 우르르 몰려온다거나. 쥐는 괜찮다.

쥐는 그래도 괜찮은 편이다.

나는 마음에 쏙 드는 3층 방을 겨우 찾아냈다. 계약서를 쓰려고 여권을 꺼냈다. 부동산 사무소 사장이 내 사진을 보고 미간을 찌푸렸다. 익숙하게 보아 오던 의심하는 표정으로 내 얼굴을 보고, 불쾌하다는 듯 내 사진을 한 번 더 보더니 역시나 이렇게 말했다.

"본인 맞아요?"

"제가 살이 좀 갑자기 빠져서."

"눈이 다른데. 체중이 변해도 눈은 잘 안 바뀌지."

"사장님, 뭘 알고 말하세요. 눈 주변에 지방이며 근육이 얼마나 많은데. 눈도 변하고 코도 변하고 다 변해요."

"그렇게 다 변하고도 여전히 본인이라고 확신할 수 있어?"

"지문이 있잖아요. DNA도 있고."

"검사는 얼마 만에 한 번씩 받는데?"

"무슨 검사요."

"DNA."

"그걸 정기적으로 검사받는 사람이 있어요?"

"얼굴이 이렇게 다르니까. 본인 확인을 해야 할 것 아니야."

"내가 나지 그럼 누구예요."

"그럼, 여권 번호."

"몰라요. 사장님은 여권 번호 외워요?"

"그러니까 나는 주민등록증을 갖고 다닌다고."

"나는 여권 번호 외우는데." 대화에 끼어든 건 마침 그 자리에 있던 한국야쿠르트 프레시매니저였다. "주민번호는 열세 자리잖아. 여권 번호는 아홉 자리밖에 안 되거든."

"주민번호는 일곱 자리만 외우면 된다고. 앞에 여섯 자리는 따로 외울 필요 없잖아. 생년월일이니까." 부동산 사장이 주민등록증을 옹호하고 나섰다.

"나는 음력 쇄서 생일이랑 달라. 그래도 어지간한 건 다 외우는데?" 프레시매니저의 태도는 자신만만했다.

"자기는 워낙 숫자에 강하잖아. 동네 번지수 훤히 꿰고 있는 사람이."

"그건 직업적인 거지."

"나도 직업이 부동산이야. 근데 휴대폰 없이 번지 못 찾아."

"그래도 여권 번호 정도는 외울 수 있거든? 안 하려고 하니까 못하는 거지."

"저기요. 그럼 저 여권 번호 몰라서 계약 못 해요?" 나는
억울함을 참지 못하고 두 사람의 토론에 개입했다.

"계약이야 문제없지. 돈만 들어오면 되니까. 제때 보증금 넣
고 월세 따박따박 들어오면 누가 뭐라 하겠어." 부동산 사장
이 계약서로 돌아와 빈칸을 채워 나갔다. "집주인이 성미가
급해. 석 달 밀리면 보증금에서 까고 바로 내보낸다고. 그것만
주의하면 돼."

"누가 상관해서 그러는 게 아니라 저는 저 맞아요. 월세야
당연히 제때 낼 건데, 지금 호의로 계약해 주시는 거 아니잖
아요. 가라로 하는 것도 아니고."

"알겠어." 사장은 서랍에서 도장을 꺼내더니 입김을 하 불
고는 인주도 없이 임대인의 이름 옆에 날인했다. "알겠고, 자
네는 자네 맞으니까 여기 서명해."

"그렇게 대충 넘어가듯이 대답하지 마시라고요."

"대충 말한 거 아니야. 진짜 믿어."

"믿으라는 게 아니라 사실이 그렇다고요. 믿는다니까 믿기
힘든 거 믿어 주는 기분이 들잖아요."

"그럼 나보고 뭘 어쩌라고."

"사실확인서 같은 거를 하나 써 드려." 부동산 한 켠의 냉
장고를 헬리코박터 프로젝트 월로 채워 넣던 프레시매니저가

말했다. "이분한테는 중요한 문젠가 본데. 그렇게 말로 대충 때우지 말란 말이야."

"내가 언제 말로 때웠어? 그리고 왜 대충이야? 내가 말하면 대충이고 자기가 말하면 대출이야?"

"갑자기 대출이 왜 나와?"

"그만큼 무게감이 있냐는 거지. 대충은 대충대충인 건데 대출은 신중하게 하잖아."

"써 주세요. 사실확인서." 가는 길에 꼭 요구르트를 사야겠다고 생각하며 말했다.

"그래. 써 줘. 자기가 잘못했어."

결국 임대차계약서와 사실확인서를 한 부씩 받아 들고 부동산을 나왔다. 나는 내가 맞고 그 점을 분명히 한다는 부동산 사장의 서명이 담겨 있었다. 별거 아니었지만 그래도 해야 할 일을 제대로 처리했다는 기분이 들었다. 요구르트를 사는 것은 깜빡했다.

집을 옮기면 본체가 돌아올 때 헤매지 않을까 걱정이 되기도 했다. 언제 한번 연락이라도 오면 새 주소를 알려 줄 텐데. 끝끝내 전화 한 통 없었다. 서운하지 않았다고 하면 거짓말일 거다. 눈을 감고 집중해도 전혀 느껴지지 않았다. 완전히 먹통이었다. 범칙금 고지서도, 미납 독촉장도 오지 않았다. 본체가 바르게 살고 있다는 증거인지, 살고 있지 않다는 신호인지 확신할 수 없었다. 그러다 시간이 갈수록 둔감해졌다. 정말이지 아무 소식이 없었으니까. 결국에는 본체가 나를 떠났는지 어떤지 생각도 않고 지내게 됐다. 5년 만에 본체가 전화를 걸었을 때 나의 첫 마디는 "누구세요?"였다.

2

본체가 떠나던 날을 기억한다. 꽤 더운 밤이었다. 태풍이 지나가고 조금 시원해지는가 싶었는데, 젖은 나무들이 마르지 않아 습하기까지 했다. 방에는 에어컨이 없었고 침대는 혼자 잠들기에도 작았다. 하필이면 그때 본체가 내게서 일어난 거다. 그래서 본체가 일어난 건지도 모르겠다. 너무 더워서. 너무 덥고 좁아서. 그전까지는 본체에 대해 생각한 적이 없었다. 한 번도 내게서 떨어져 나간 적이 없었기 때문이다. 나 자신이 본체와 나로 분리될 수 있다는 이야기는 어디에서도 들은 적 없었다. 잠들어 있었고, 꿈을 꾸고 있었던 것 같다. 아마 도망치는 꿈이었을 거다. 나의 악몽에는 대체로 바퀴벌레가 등장하기 때문에 바퀴벌레에게서 도망치는 꿈을 꾸고 있었으리라고 본다.

본체는 그냥 쓰윽 일어났다. 본체가 일어나는 순간 높은 데서 훅 떨어지는 기분이 들어 잠에서 깼다. 아주 깨끗하게 일어난 건 아니고, 반쯤은 여전히 잠든 채 의식만 희미하게 밝아졌다. 뭔가 떨어져 나갔다는 걸 알아차렸고, 그게 내 본체라는 생각이 들었다. 배우지 않아도 아는 것들이 있다. 선언처럼 내게서 일어난 본체가 주섬주섬 짐을 챙기기 시작했다. 옷장 위에 있던 캐리어를 내리고 안에 들어 있던 잡동사니를 바닥에 털어 냈다. 한참 짐을 싸던 본체가 화장실에 갔다. 화장실 등과 중앙 등의 스위치는 위아래로 나란했다. 두 개의 등을 한꺼번에 켰다가 급히 중앙 등을 끄는 게 평소 내가 하던 것과 다를 바 없었다. 순간적으로 눈이 부셔 잠이 달아났다. 물을 내리고 나온 본체와 눈이 마주쳤다.

"깼어?"

"깼지. 깨기는 아까부터 깼어."

"더 자."

"어디 가려고?"

"응."

"어디 가려고."

"모르겠어."

다시 자 보려고 눈을 감았다. 아침 일찍 출근하려면 조금이라도 더 자야 했다. 당시에 나는 마스크 공장에서 아르바이트를 하고 있었다. 매일같이 잔업이 이어졌다. 원래는 이쑤시개를 만들던 공장이었는데 업종 전환을 적기에 한 케이스였다. 나는 포장만 했기 때문에 일이 힘들지는 않았다. 먼지가 많이 날리는 게 짜증 나긴 했다. 그래도 그만하면 일당이 괜찮았고 밥도 줬다.

"마스크 좀 챙겨 가."

"챙겼어."

"갔다 언제 올 거야?"

"모르지."

"어두우면 불 켜고 해."

"괜찮아."

"잔다."

베개에 얼굴을 파묻었다. 바로 잠에 들었고, 현관문 열리는 소리에 잠시 깼지만 금세 다시 곯아떨어졌다. 알람 소리를 듣고 일어나 양치만 대충 하고서 집을 나섰다. 공장에 도착해 사장님한테 인사하고 아침 체조를 같이했다. 오래 앉으면 허리가 아픈 의자에 앉아 마스크를 포장했다. 점심으로 제육덮밥이 나왔고 저녁에도 제육덮밥을 먹었다. 메추리알 졸인 게 좀 쉰 거 같다고 했더니 같이 일하던 사람도 그런 거 같다고 했다. 사장님이 젓가락으로 메추리알을 두 개 찍어 먹었다. 괜

않은데? 나는 그래도 다시 한번 조금 쉰 거 같다고 했다. 사장님이 혹시 모르니까 메추리알은 먹지 말라고 했고, 제육덮밥이랑 멸치볶음이랑 해서 밥을 다 먹었다. 9시쯤 일이 끝나서 사장님이 집 근처까지 데려다줬고, 골목 입구에서 파는 참외를 다섯 개 샀다. 집에 다 왔는데 봉지 부스럭거리는 소리를 듣고 주차장에 있던 고양이가 나왔다. 들어가서 밥 챙겨 나와야지 생각했는데 사료가 떨어져 쿠팡에서 시킨다는 걸 깜빡한 게 기억났다. 가방에 물이 있어서 물그릇만 채워 주었다. 고양이한테 "미안해." 말하고 집에 들어가 신발을 벗었는데 갑자기 눈물이 났다.

그때부터 계속 울었다. 울면서도 고양이 밥은 주문했다. 로켓 배송이라 다음 날 바로 도착한다고 했다. 잘 때까지 계속 울었는데도 아침에 일어나면 상쾌하고 괜찮았다. 공장 가서 일하고 밥 먹고 집에 와서 고양이 밥 챙겨 주고 다시 들어오면 또 울었다. 양말 서랍 밑에 넣어 둔 비상금이 없어진 것을 보고 잠깐 울음이 멎었다가 세수하고 침대에 누웠는데 또 울고 계속 울었다. 그렇게 한 나흘 울고 이제는 안 울어야지 생각했는데 이틀 더 울었다. 나가서는 안 울고 집에서만 울었다. 울고 있으면 꼭 비가 와서 내일 나갈 때 우산 챙겨 가야지 생각하곤 했다. 아침마다 까먹고 우산 없이 그냥 나갔는데 그럴 때마다 비가 안 와서 다행이야 생각했다. 그렇게 한동안 울고는 안 울었다.

공장에는 한 달 정도 더 다녔다. 마스크값이 폭락해 아르바이트를 쓰지 않을 거라고 했다. 사장님이 마지막 날 십만 원 더 챙겨 주었다.

하지만 울지 않는 날도 울던 기억을 떠올리며 마음이 축축해졌다. 거의 항상 울고 있는 것 같은 기분이었다. 생각해 보면 딱히 울 일도 없는데.

'슬픈 사람 모이세요'라는 전단지를 발견한 건 동사무소 게시판에서였다. 폐건전지 열 개를 들고 동사무소에 가면 새 건전지 한 개로 바꿔 줬다. 병을 팔아 돈을 버는 것처럼 뿌듯한 구석이 있었다. 술을 마시지 않게 된 이후로 병 파는 기쁨을 누리지 못했고, 그 때문에 건전지에 집착하게 된 것 같다. 집에서 형광등을 켜는 대신 건전지가 들어가는 작은 무드등을 켰다. 당근마켓에서 시계 여러 개를 샀다. 시곗바늘 소리가 겹치면 시끄러울 듯해서 모두 전자시계로 골랐다. 아무래도 바늘 시계보다 건전지가 빨리 닳을 거라는 계산도 있었다. 보일러실에 일산화탄소 경보기를 사다 놓았고(건전지가 세 개나 들어갔다!) 체중계도 전자식으로 바꿨다. 하지만 건전지는 천천히 닳았다. 기대만큼 쉽게 모이지 않았다.

우리 건물에 폐건전지 함이 있다는 걸 발견한 건 대단한 수확이었다. 공짜 건전지의 기쁨을 모르는 주민들은 폐건전지 함을 적극 활용하는 듯했다. 나는 매주 다른 건물의 폐건전지 함을 찾아다녔다. 한 번 순회할 때마다 열 개씩만 모았다. 한꺼번에 너무 많이 가져가는 건 공정하지 않은 기분이 들어서였다.

동사무소에 노래 교실이며 캘리그래피 같은 생활 강좌 프로그램이 운영되는 건 전부터 알고 있었다. 특히 요가 강좌는 경쟁률이 만만치 않아 신청했다가 떨어진 일도 있었다. 슬픈 사람들이 한자리에 모이는 프로그램이 있다는 건 처음 알았다. 신기해서 직원한테 물어봤더니 동에서 하는 모임이 아니었다. 장소만 빌려주는 거라고 했다.

"그럼 누가 주최하는 거예요?"

"글쎄요. 엄청 슬픈 사람인가 보죠."

나는 휴대폰을 꺼내 전단지를 사진으로 담았다.

처음 본체에게 온 연락은 연체 도서 안내 문자였다. 본체는 경상북도 울진군 죽변면의 죽변도서관에서 이장욱의 『정오의 희망곡』을 빌리고 제때 반납하지 않았다. '죽변'과 '이장욱' 모두 살면서 처음 들어 본 단어였다. 『정오의 희망곡』은 물론 알았다. 「배철수의 음악 캠프」를 아는 것처럼 자연스러운 상식이었다. 검색해 보니 죽변은 동해에 있는 어촌이었고 이장

욱은 작가였으며 『정오의 희망곡』은 시집이었다.

나는 이장욱에 대해 더 검색하다가 다른 책에 들어 있는 「동사무소에 가자」라는 시를 발견했다. 나 역시 동사무소에 자주 가기 때문에 관심이 갈 수밖에 없었다. 그동안 동사무소에 가면서 동사무소에 대해 너무 몰랐다는 생각이 들어 조금 더 찾아보았다. 동사무소는 더 이상 동사무소가 아니라 행정복지센터였고, 한때는 주민센터였다. 내 기억에 나이 든 사람들은 그곳을 동회라고 불렀던 것 같다. 부르고 싶은 대로 불러도 상관없는 듯했다. 그곳은 주민센터이면서 행정복지센터이자 동사무소였던 동회지만 한 번도 주민행정복지센터였던 적은 없었다. 이 복잡한 다중 명명이 내게는 철학적으로 느껴졌다. 아무래도 시를 읽은 직후라 철학적인 상태였다. 시와 철학이 무슨 상관이 있는지는 설명할 수 없었지만 시도 철학도 잘 모르기 때문에 괜찮을 것 같았다.

그리고 동사무소에 가고 싶어졌다. 하지만 동사무소에 다녀온 지 얼마 되지 않아 건전지가 없었다. 나는 휴대폰 사진 앨범에 있는 '슬픈 사람 모이세요' 전단지를 열었다. 그날은 수요일이었는데 '슬픈 사람 모이세요'도 마침 수요일에 모였다. 화요일이나 목요일이었다면 나는 '슬픈 사람 모이세요'에 가지 못했을 것이고 그 뒤로도 가지 않았을 것 같다. 하필이면 수요일이라 갔다.

동사무소, 아니 주민센터, 혹은 행정복지센터 3층 다목적실의 문을 열자 동그랗게 놓인 의자 다섯 개가 보였다. 아무도 없었다. 입구에 놓인 일인용 책상에 전자식 체온계가 있어 체온을 쟀다. 체온계에 뜬 숫자를 확인하지 않고 손 소독제를 덜어 손을 비볐다. 포스터에 쓰여 있던 시작 시간보다 10분이 더 지났는데도 나 혼자였다. 그러고 보면 슬픈 사람들이 슬프다는 이유만으로 한자리에 모이는 게 좀 우스꽝스럽기도 하고…… 화요일까지 슬프던 사람이 수요일에는 슬프지 않을 수도 있어서…… '슬픈 사람 모이세요'는 원활히 운영되기 힘든 프로그램일 거라는 생각이 들었다. 나 역시 너무 슬퍼서 거기에 갔다기보다는 동사무소에 가고 싶었는데 마침 '슬픈 사람 모이세요'가 있어서 간 것이었다. 10분 정도 더 머무르다 다목적실을 나왔다. 화장실에 들렀다 계단을 내려가는데 누가 올라오고 있었다. 그 사람이 내게 '슬사모'에 오셨느냐고 물어봤고, 그건 누가 들어도 '슬픈 사람 모이세요'의 줄임말이었기 때문에 그렇다고 답했다. 나는 그 사람과 함께 다목적실로 돌아갔다.

　"주로 개랑 헤어진 사람들이 와요. 고양이나." 그 사람이 가방에서 롯데제과 마가렛트 구운모카 한 상자를 꺼내더니 내게 권했다. "그냥 슬픈 사람도 오고요. 그냥 슬픈 줄 알고 있는데 사실은 같이 사는 개나 고양이 때문에 슬펐다는 걸 알

게 되는 경우도 많아요. 근데 진짜로 그냥 슬픈 사람도 있어요. 개나 고양이랑 무관하게요."

"그런 사람들은 와서 뭐 해요?"

"유튜브에서 본 개나 고양이 얘기를 하죠."

"저는 개를 안 키워요. 혼자 지내기에도 비좁거든요."

"좁아도 개는 키울 수 있죠. 집이란 게 넓어 봤자 백 평인데 백 평짜리 집도 잘 없잖아요. 어차피 개들한테는 다 좁고 부족해요. 규칙적으로 산책을 시켜 주는 게 중요한 거죠."

"네. 그렇겠네요……."

"그러면 이제 곧 개를 키우실 생각인 거예요?"

"동네 길고양이 밥을 챙겨 주긴 해요. 매일 오는 턱시도가 한 마리 있어요. 그런데 저는 개나 고양이 때문에 슬픈 건 아닌 것 같아요."

"그럼 거북이?"

"그런 문제가 아니에요. 용기가 없어요. 누군가를 완전하게 받아들일 자신이 안 생겨요. 언젠가는 반드시 헤어져야 한다는 게 무섭고요. 개나 고양이를 안 키우면 모임에 참석할 수 없는 건가요?"

"꼭 개나 고양이 얘기를 해야 하는 건 아니에요."

"네."

"무슨 얘기를 꼭 하자는 것도 아니에요."

"좋네요."

그 사람의 이름은 그람이었다. 동그람. 조금 특이하지만 귀여운 이름이라고 생각했다. 그가 준 명함에는 이름과 전화번호 말고는 아무것도 적혀 있지 않았다. 실례지만 뭐 하는 분이시냐고 물었다. 묻고 나니 실례인 걸 확실히 알 수 있었다. 동그람은 다행히 밝게 웃으며 대답했다.

"그냥 틈나는 대로 혁명이나 그런 거 준비하고 있어요."

"그게 직업이에요?"

"아니요. 부업인 거죠."

확실히 인상이 나쁘지 않은 사람이었다.

매주 슬사모에 참석하러 동사무소에 갔다. 건전지는 챙기지 않았다. 모임이 열리는 시간은 직원들이 퇴근한 후였기 때문이다. 빠지지 않고 늘 참석하는 사람은 나와 동그람뿐이었다. 사람들은 개나 고양이 이야기를 했고, 햄스터를 데려오는 이도 있었다. 다섯 번째 햄스터라고 했다. 내가 슬픈 이유에 대해서 말하려면 본체 이야기를 해야 했는데, 본체가 내게서 떨어져 나갔다는 걸 설명하려다 보면 이상한 사람 취급을 받을 것 같아서 말하지 않았다. 뜻밖의 이야기를 먼저 꺼낸 건 동그람이었다.

"저는 혼자라고 느낄 때가 많아요. 그래서 슬퍼요. 믿으실지 모르겠지만 제 얼굴은 텅 비어 있어요. 눈이랑 귀랑 입이 떨어져 나갔거든요."

"멀쩡해 보이는데요?"

"저도 그런 줄 알았어요. 그런데 어느 날 일하는 데로 귀가 찾아온 거예요. 걔가 말해 줬어요. 눈이랑 입도 진작에 떨어져 나갔다고. 듣고 보니까 정말 그런 거 같더라고요."

어쩌면 거기서 고백할 수도 있었다. 나는 당신을 이해한다고. 어떤 기분인지 정확히 알 것 같다고. 나도 얼마 전에 본체가 떨어져 집을 나가 버렸다고 말이다. 하지만 그렇게 하지 않았다. 동그람의 이야기를 다 듣고 말해야겠다고 생각했다. (그래서 좀 이따가 말했다.)

"귀가 나한테 1억을 받아 갔어요. 투자해서 불려 주겠다면서요. 제 친구까지 끌어들였는데…… 나중에 보니까 마카오 왔다 갔다 하며 바카라로 전부 날렸더라고요. 그래서 눈한테 갔어요. 파주 쪽에 있는 폐교였어요. 거기서 3억을 받아 왔어요. 어쩌다 보니 입이랑 손도 만났고요. 그때가 마지막이었습니다. 귀도 눈도 입도 손도 다시는 만나지 못했어요." 동그람이 엉엉 울었다. "차라리 만나지 말 걸 그랬죠."

그래서 나는 그람 씨에게 본체 이야기를 해 주었다. (정말 금세 말했지.) 적잖이 놀라는 눈치였다.

"부분이 아니라 전체가 떨어져 나갔다고요?"

"제 일부니까 전체는 아닌 것 같아요."

"복제랑은 뭐가 달라요?"

"저랑 같지는 않으니까."

"일종의 파생 같은 건가?" 동그람은 골똘히 생각에 잠겼다가 입을 열었다. "근데 왜 본체예요? 그쪽도 본체고 본체도 본체예요?"

"아뇨. 저는 그냥 저고, 본체만 본체인 거 같아요. 왜인지는 모르겠는데 확실히 그래요."

동그람이 그날 가져온 건 해태제과 후렌치파이 딸기 맛이었다. 먹을 때마다 가루가 떨어져 옷을 털어 내야 했다. 목이 막혀서 가방에 있는 물을 꺼내 나눠 마셨다. 귀와 본체에 대한 이야기를 나눈 뒤 우리는 한동안 조용히 먹기만 했다. 딱히 배가 고파서는 아니었던 것 같다. 그렇게 차오르는 말을 입에 가두고 우물거려야 할 때가 있다. 동그람이 내게 물었다.

"본체가 머무르지 않고 바로 떠난 게 방이 너무 좁아서 그런 거 같다고 했죠?"

"네. 같이 지내려면 한 명이 바닥에서 자야 하는 데 엄청 불편했을 거예요. 이불도 여분이 없었고요."

"집이 좁아서 개도 못 키운다고 했잖아요."

"네."

"그러니까 어쩌면…… 본체는…… 본체 씨는? 개를 키울 수 없어서 나간 게 아닐까요? 그쪽은 본체가 떠나서 슬픈데 본체는 개를 키울 수 없어서 떠났으니까 결국엔 이것도 개의 문제인 것 같아요."

"그람 씨는 귀 때문에 슬프잖아요. 개나 고양이 때문이 아니라."

"그러게요. 지가 왜 저를 슬프게 하는지 잘 모르겠어요. 정말 슬픈 건지도 헷갈리고요. 제 얼굴은 그냥 텅 비어 있어요. 표정을 지어도 백지 같은 기분이에요."

그람 씨의 표정은 쓸쓸해 보였다. 그람 씨는 본체가 없는 동안 내가 본체에 대해 털어놓을 수 있는 유일한 사람이었다.

3

5년 만에 연락한 본체는 "3시쯤?"이라며 부정확한 대답을
했다. 짐이 많으니까 차를 가져오라는 말을 덧붙이고 전화를
끊었다. 정확한 항공편도 알려 주지 않았다. 3시에 비행기가
도착하는 건지, 수속을 마치고 나오면 3시쯤일 테니 맞춰서
오라는 건지 애매했다. 나라면 2시에 도착하는 비행기를 탔
을 때 3시쯤이라고 말할 것 같았다. 상대를 기다리게 하는 건
초조하고 미안한 일이니까.

인천공항에는 공항이니까 당연히 사람들이 있었다. 개도
다니고. 고양이는 없었다. 사람이 많은 편인지 적은 편인지 판
단하기는 힘들었다. 공항에 너무 오랜만에 갔기 때문이기도
하고, 어쩐지 사람이 별로 없을 거라는 예상을 하고 간 탓에

생각보다 많아 보이기도 했는데, 그래도 더 많을 때가 있었다고 생각하면 역시 적구나 싶기도 했다. 사실 나는 공항에 대해서 모르고, 공항에 관해 아는 것이라고는 전부 티브이에서 보여 주는 자료 화면에서 비롯된 인상에 불과해서 확실치 않다는 생각이 들었다. 모두 누군가를 만나러 오거나 어딘가로 떠나거나 어딘가에서 돌아오는 사람들이었다. 또한 일하는 사람들을 빼놓아선 안 되고, 일하는 개들이 있다는 것 역시 중요했다. (일하는 고양이는 없었다.) 본체는 5시가 훌쩍 넘어서 게이트를 빠져나왔다.

본체가 내게 손을 흔들지 않았다면 알아보지 못할 뻔했다. 모자에 선글라스를 쓰고 마스크까지 하고 있어서 완전한 익명처럼 보였다. 큰 캐리어가 두 개였는데 하나는 집을 나갈 때 가져간 것이었다. 긁힌 자국이 많았다. 본체가 캐리어를 가져간 뒤 나는 인터넷에서 저렴한 물건을 하나 샀는데, 정작 그 뒤로 사용할 기회는 없었다.

내가 궁금한 건 본체의 여권이었다. 여권에 대한 나의 애호 탓에 공항에 오는 내내 그 생각을 했다. 어떤 이름을 써 놓았을지 상상했고, 본체가 국경을 넘을 때마다 받았을 처음 보는 도장들이 궁금했다. 하지만 본체는 도망자처럼 주변을 두리번거리더니 나를 잡아끌고 서둘러 공항을 빠져나왔다. 쏘카에서 빌린 SUV 뒷좌석에 짐을 실을 때까지 본체는 어, 어어, 그래 응, 어어 가자, 같은 말밖에 하지 않았다. 짐이 많다고 해서 일부러 옆 동네까지 걸어가 큰 차를 빌렸는데 그럴 필요가 없었다는 생각이 들었다. 조수석에 앉은 본체는 그제야 선글라스를 벗고 안도한 듯 긴 한숨을 내쉬었다.

"얼른 가자."

"뭐가 그렇게 바빠. 쫓기는 사람처럼."

"쫓겨 본 적 있어?"

"있겠어? 알잖아, 나 무단횡단도 안 하는 거."

"그럼 말을 말아." 본체는 그렇게 말하고 턱을 비스듬히 들었다. 잘난 척하는 것처럼 보여서 재수 없었다. "다행인 줄 알라고."

"어디서 뭘 하고 다닌 거야."

"차차 얘기해 줄게. 일단 여기로 가자."

본체가 주머니에서 꼬깃꼬깃 접힌 종이 한 장을 꺼냈다. 노원구 상계동의 주소가 적혀 있었다. 내비게이션 목적지를 설정하고 천천히 주차장을 빠져나갔다. 어디선가 오래된 흙냄새가 났는데 본체에게서 나는 건지 캐리어에서 나는 건지 알 수 없었다. 사이드미러에 비친 본체의 옆모습은 털이 짧은 하운드처럼 길고 뾰족했다. 본체는 영종대교를 건널 즈음부터 잠들어 버려서 여권에 대한 이야기는 꺼내지도 못했다. 차는 많지 않았고 날씨도 괜찮았다. 드라이브하는 기분이 들어 속력을 냈다. 들은 얘기가 있어서인지 괜히 신경이 쓰였고, 룸미러를 평소보다 자주 확인했다. 분명히 뒤를 따라붙는 차가 있었다. 도로니까 당연했다. 중간중간 잠에서 깬 본체가 구경하는 사람처럼 창밖을 내다봤는데, 말을 걸려고 하면 또 꾸벅꾸벅 졸았다.

차를 살 생각을 안 해 본 건 아니었는데, 막상 그렇게까지 필요한 것 같지는 않아서 필요할 때마다 쏘카를 이용했다. 20만 킬로미터 뛴 아반떼XD 같은 건 조금 무리하면 살 수도 있겠지만 보험도 들고 기름값도 내고 하는 유지비가 만만치 않을 것 같았다. 본체가 가져간 비상금도 사실 차를 사거나 노트북을 새로 맞추거나 하려고 모아 둔 거였다. 적당히 눈을 낮추면 차도 사고 노트북도 살 수 있을 만한 돈이었다. 그 돈이라도 가져갔으니 어디 가서 밥은 안 굶겠지 하며 나름의 위로를 삼곤 했다.

상계동에 다 오니 슬슬 배가 고팠다. 붉은 벽돌로 올린 빌라 앞에서 내비게이션의 안내가 끝났다.

"202호야." 언제 일어났는지 선글라스를 올려 쓴 본체가 말했다. 주차를 마치기도 전에 문을 열더니, 오른손에 든 모자를 팔랑거리며 뒷좌석에 놓인 짐을 가리켰다. "천천히 와. 급할 것 없으니까."

본체는 건물 안으로 사라져 버렸다. 나는 차를 돌려 집에 돌아가는 게 어떨지 고민했다. 캐리어는 아무 데나 던져 버리는 게 좋을 것 같았다. 하지만 그렇게 가 버리면 다시는 본체를 보지 못하게 될 것 같았다. 천천히 와도 된다는 배려까지 해 줬으니 아주 나쁜 새끼인 것만은 아닐 수도 있다는 생각이 들었다. 터질 듯한 캐리어를 하나씩 2층으로 올렸다. 문이 잠겨 있어 벨을 눌렀지만 아무도 나오지 않았다. 철문 너머로 들려오는 말소리에는 여러 사람의 목소리가 엉켜 있었다. 주먹으로 두드리다 발로 몇 번 차니 그제야 문이 열렸다. 좁은 현관에 신발이 가득했다. 아무도 도와주지 않아서 모르는 사람의 운동화를 꾹꾹 밟으며 짐을 들여놨다. 본체는 사람들에 둘러싸여 바쁘게 이야기를 나누다 가리지 않은 맨얼굴로 내게 눈인사를 했다. 그제야 본체를 찾았다는 기분이 들었다.

방 두 개에 꽤 넓은 거실을 갖춘 집이었다. 전형적인 가정집 구조였으나 사무실로 쓰이는 것 같았다. 여기저기 포장을 뜯지 않은 박스가 쌓여 있고 식탁 위에 노트북 여러 대가 어지럽게 놓여 있었다. 벽에는 누군가의 얼굴을 풍부한 음영으로 표현한 포스터가 붙어 있었다. 누가 봐도 체 게바라의 유명한 초상을 떠올리게 했는데 다른 점이 있다면 베레모를 쓰지 않았다는 것과 수염이 없다는 거였다. 턱이 긴 것으로 봐서는 아무래도 본체의 얼굴인 듯했다.

두 방의 문은 모두 활짝 열려 있었다. 한쪽에는 침구류가 쌓여 있었고 특히 베개가 많았다. 혼자 자는 내 침대에도 기본적으로 다섯 개의 베개가 있었다. 끌어안고, 다리 사이에 끼우고, 벽에 붙여 두고, 혹시 몰라서 예비로 가져다 놓았다. 침대와 벽 사이의 작은 틈으로 안대가 자꾸만 빠져서 롱필로로 막아 두었다. 그 사이에서 냉기가 올라오는 것 같기도 하고, 혹시라도 바퀴벌레 같은 게 기어 나올까 봐 걱정이 되기도 했다. 귀신이 나올 수도 있고, 귀신이 얼굴을 내민다면 그런 좁고 어두운 틈이야말로 적당한 장소일 테니까.

귀신을 믿지 않는다는 사람을 많이 만나 봤지만 그렇게 말하는 자신이 귀신일 가능성에 대해서 얼마나 고려해 봤는지 알 수 없는 일이었다. 주지하다시피 M. 나이트 샤말란이 자신의 출세작 「식스 센스」에서 이에 대한 훌륭한 고찰을 진행한 바 있다. 귀신이 나에게 무슨 악감정이 있다고 해를 끼치겠냐마는(이 점에 대해서도 「식스 센스」를 참고하기 바란다.) 특별히 신경 써서 마음의 준비를 하고 초대한 경우가 아니고서는 귀신과 갑자기 마주치고 싶지 않았다.

베개가 많은 이 방에서 자는 사람들은 귀신을 두려워하지 않을 것 같았다. 여러 명 앞에 혼자 나타나는 귀신은 잘 없기 때문이다.

나머지 방의 한가운데에는 여러 대의 전화기가 놓인 책상이 있었다. 누군가 유선 전화를 붙잡고 통화 중이었다. 대출 안내나 검찰 수사관을 사칭하는 것 같지는 않았다. 정확한 내용까지 들리진 않았지만 조곤조곤 대화를 이어 나갔고, 경청하고 있다는 듯 응응, 하며 검지로 머리를 배배 꼬기도 했다. 확실히 보이스 피싱은 아닌 듯해 그 점은 크게 다행이었다. 서울 한복판에서 그런 짓을 했다가는 실적에 목마른 광역 수사대의 표적이 될 게 뻔했으니까.

어찌 되었든 집의 면적에 비해 너무 많은 사람이 모여 있다는 것만은 분명했다.

"본인께 이야기 많이 들었어요." 부엌에 있던 사람이 따뜻한 차가 담긴 머그잔을 건네며 말을 걸었다. "팽이버섯 차예요. 햇볕에 말려 덖은 거라 인터넷에서 파는 거랑은 틀려요. 면역력 향상에 탁월한 효과가 있고 다이어트에도 좋아요. 팽이버섯에 들어 있는 키토산 성분이 중성지방 흡수를 낮춰 주는 효과가 있거든요."

"아."

"하루에 다섯 주전자 정도 끓여요. 사람이 많아서 금방 다 먹거든요. 식혀서 냉장고에도 넣어 놓고요. 그런데 따뜻하게 먹는 게 몸에 더 좋아요. 냉수가 다이어트에 좋다는 설도 있지만 오감의 균형을 유지하는 데는 방해가 됩니다. 냉수 먹고 속 차리라는 말 아시죠? 그거 잘못된 거예요. 냉수 너무 많이 마시면 속 버려요."

"여긴 보증금이 얼마나 해요?"

"오천요. 오천에 삼십오예요. 보증금은 좀 센데 월세가 괜찮죠. 관리비도 따로 없고요."

"물세랑 전기 같은 건 따로 내고요?"

"그건 당연하죠."

"괜찮네요. 꽤 넓은데."

"괜찮은 편이죠."

"저에 대해 뭐라고 들으셨어요?"

"기원이라고요." 그 사람의 표정이 자못 심각해지더니 덧붙였다. "본인의 본체."

"저는 본체가 아니에요. 그냥 저예요."

"인사들 나눴어?" 기척도 없이 온 본체가 말했다. 너무 많은 사람이 좁은 집에 모여 갖은 기척을 내고 있었으니 한 사람의 기척 정도는 쉽게 묻혔다. "거룩 씨는 우리들을 총괄하고 있어."

"아, 본인님." 나는 최대한 비꼬는 듯한 말투로 답했다. 본인을 본인이라고 부르게 하는 건 아무리 생각해도 자아도취적인 면이 있었다. "다들 모여서 뭘 하고 있는 건데?"

"우리가 우리들을 모으는 거죠." 거룩 씨가 말했다. 거룩이라니 좀 거북한 이름 아닌가. 그래도 이름이란 건 자기가 지은 게 아니니까 뭐라 하고 싶지는 않았다. "팽이버섯 차를 마실 사람이 더 많이 필요하니까요."

"우리의 대업으로 가는 길이야." 본체는 나의 왼쪽 어깨에 손을 올리고 말했다.

"대업?" 내가 반문했다.

"대업." 거룩 씨가 고개를 끄덕이며 받았다.

"배고프지 않아?" 본체가 내게 물었다.

"응. 고파."

"돈가스 먹으러 가자."

"레몬 소금 꼭 달라고 하세요." 거룩 씨가 말했다.

"갔다 올게요. 식사들 챙겨 드세요." 본체가 우리들을 향해 손을 흔들었다. 내 신발이 한 짝씩 멀리 떨어져 있어서 다리를 크게 벌려야 했다.

"차 타고 가야 돼?"

"근처래. 걸어가자."

본체가 주머니에서 스마트폰을 꺼냈다. 지도 앱에 목적지를 입력하고 이리저리 돌리더니 큰길을 가리켰다.

"저쪽이다."

"휴대폰 있었어?"

"응. 아까 거룩이한테 받았어."

본체가 세 걸음 가는 동안 나는 두 걸음밖에 못 갔다. 중간중간 종종걸음을 쳐야 겨우 보조를 맞출 수 있었다. 날이 어두워지고 있었다. 태권도 학원의 노란 봉고차가 우리 앞에 멈춰 섰다. 차에서 내린 아이들이 배꼽에 손을 얹더니 우렁찬 목소리로 인사하고 흩어졌다. 모자에 털이 달린 잠바를 입은 아이가 나란히 걷던 본체와 나 사이를 가르고 지나갔다.

"빨간 띠네." 본체가 화면에서 눈을 떼고 말했다. "최강의 띠지."

"검은 띠가 제일 높은 거 아니야?"

"유도에서는 검은 띠 위가 붉은 띠야."

"쟤는 태권도 학원 다니잖아."

"강해지고 싶다면 결국에는 유도장에 가야 할 거야." 본체의 말투가 자못 진지했다.

돈가스 집은 불이 꺼져 있었다. 출입문 손잡이 위에 '喪中'이라고 적힌 에이포 용지가 붙어 있었다. 종이는 비에 젖고 마르기를 반복한 듯 색이 바래고 울퉁불퉁했다. 본체가 어딘가에 전화를 걸더니 상황을 설명했다. 손 터널을 만들어 가게의 어두컴컴한 실내를 들여다보기도 하고, 문 옆에 놓인 화분의 상태를 묘사하기도 했다. 무슨 다른 볼일이 있는 가게인 듯했다.

전화를 끊은 본체가 아무래도 칼국수를 먹어야 할 것 같다고 말했다.

"거긴 멀어?"

"볼게……. 잠깐…… 꽤 거리가 있네."

"차로 가?"

"아니. 그냥 걷자."

한기가 돌아 파카의 지퍼를 턱 끝까지 올렸다. 본체가 입은 얇은 코트가 신경 쓰였지만 정작 당사자는 추위가 대수롭지 않은 듯했다. 본체의 걸음에 익숙해져서 나도 꽤 빨리 걷고 있었다. 갈림길이 나올 때마다 본체는 휴대폰을 꺼내 지도를 확인했다.

"여권은 어떻게 한 거야?"

"발급받았지."

"내 이름으로?"

"아니."

본체가 코트 안주머니에서 여권을 꺼냈다. 붉은색 표지였다.

"볼리비아? 여기 남미잖아. 아르헨티나 위에 있던가?"

"응. 페루 옆에."

"위조?"

"아니. 정식으로 발급받았어. 85볼리비아노 주고."

"그럼 얼마야."

"한 만 오천 원 되나."

COMUNIDAD ANDINA

ESTADO
PLURINACIONAL DE
BOLIVIA

PASAPORTE
PASSPORT

본체가 내게 여권을 건넸다. APELLIDOS/SURNAMES 밑에는 CHE, NOMBRES/GIVEN NAMES밑에는 BOURNE였다. 일면 납득이 되기도 하는 이름이었다. 한국에 본 씨는 없으니까. 있을 수도 있겠지만 알 만한 사람 중에는 정말 없는 것 같았다.

"그런데 본은 원래 성 아니야? 제이슨 본이잖아. 체가 훨씬 이름 같은데."

"이름은 정하는 사람 마음이지 무슨 상관이야. 조광조니 이하이는 그럼 어떻게 해? 거꾸로 읽어도 똑같은 이름인데."

"어떻게 하긴. 아무 문제 없지. 예가 잘못된 거 같은데."

"김김김이나 홍홍홍만 아니면 되지."

본체가 내 손에 든 여권을 잡아채듯 가져갔다. 목소리에 짜증이 적잖이 묻어 있었다. 예상컨대 이름 때문에 지적을 받은 게 처음이 아닌 것 같았다. 상관없다면서 꽤 상관하는 게 분명했다. 그 말을 했다가는 정말 싸움이 날 것 같아서 참았다. 본체의 걸음은 조금 더 빨라졌고 혼잣말로 에잇 시펄하며 욕을 했다.

"미안해." 내가 말했다.

"뭐가 미안한데." 본체가 퉁명스럽게 대꾸했다.

"사실 안 미안해."

"왜 안 미안해."

"왜가 어딨어."

"왜가 다 있지. 왜 안 미안하냐고."

"왜긴 왜야. 미안하겠냐?"

나도 모르게 목소리가 높아졌다. 사실 나는 본체에게 미안하지 않아도 되는 이유를 스무 가지 정도는 말할 수 있었다. 오히려 본체가 뻔뻔하다고 생각했으며 대단히 괘씸하게 여겨졌다. 돈이 문제가 아니었다. 돈도 돈이지만 어떻게 그 오랜 시간 동안 연락 한번 안 할 수가 있었냐는 거지. 그렇게 급하게 영영 가는 거였으면 헤어질 때 인사라도 제대로 하든가. 나는 말 대신 정수리에 힘을 꽉 주고 생각했다. 본체는 알아들었을 거다. 우두커니 멈춰 선 본체가 나를 보며 입을 달싹거린 걸 보면 분명했다. 길 한가운데서 대치 중인 우리 두 사람 옆으로 파란 교복의 중학생이 힐끔거리며 지나갔다.

"뭐. 할 말 있으면 해 봐." 결국 다시 말문을 연 건 나였다.

"그……."

"뭐."

"저기야." 본체가 지척에 보이는 가게의 간판을 가리켰다. "일단 먹자."

그러고 보니 아까부터 내내 배가 고팠다. 아침에 일어나서 지금까지 팽이버섯 차 말고는 아무것도 먹지 않았다. 칼국수와 함께 나올 겉절이를 생각하니 입에 침이 고였다.

4

"어디 섬에 있는 것 같다고 하지 않았어요?" 동그람이 크라운제과 쿠크다스 비엔나커피 맛을 건네며 물었다. "웬 볼리비아래?"

"제일 오래 머문 데가 볼리비아고, 여기저기 많이 돌아다녔나 봐요. 여권 보니까 남은 페이지가 얼마 없더라고요. 남미 웬만한 도시는 다 가 봤고 러시아도 갔다 왔대요."

"외향인이다. MBTI 물어봐요. 분명히 E일 거야."

"그러게요. 나는 집에서도 잘 안 나가는데."

"미국도 가 봤대요?"

"미국 비자는 못 봤네."

"미국을 가야 되는데." 동그람이 아쉬운 듯 입맛을 다셨다.

빈 종이컵 가장자리를 앞니로 깨물며 생각에 잠긴 표정을 지었다. 그람 씨의 꿈은 맨해튼의 리틀 이태리에서 하와이안 피자를 먹어 보는 거였다. 나는 새 컵에 커피를 따라 그람 씨에게 건넸다. 보온병의 온기가 좋아 품에 안았다. 얼마 전에 산 전동 그라인더가 흡족했던 탓에 동사무소에 가기 전에는 늘 커피를 내렸다. 바라짜 마에스트로 중고 상품이 5만 원에 나와서 예약금까지 걸고 당근 해 왔다. 핸드밀은 팔도 아프고 오래 걸렸는데, 버튼만 돌리면 커피 가루가 눈처럼 떨어지니 황홀한 기분마저 들었다. 커피를 과음해서 한동안 잠을 안 자도 될 지경이었다. 고장 나기 전까지는 그랬다. 그라인더는 전조도 없이 맛이 가더니 요란하게 웅웅거리며 헛바퀴를 돌았다. 한 치의 고민도 없이 새 상품을 주문했다. 마에스트로보다 상위 기종인 엔코를 골랐다. 덕분에 커피를 계속 과음할 수 있었고 불면도 무리 없이 유지했다. 그람 씨가 가져온 쿠크다스와 커피가 제법 어울렸다.

"커피에 적셔 먹어도 맛있네요." 그람 씨가 쿠크다스 한 박스를 새로 뜯으며 말했다. "해외로 나갈 땐 어떻게 했을까?"

"그건 안 물어봤는데. 밀항이라도 했으려나?"

"그럼 지금은 귀화한 건가."

"귀화라고 하기에는…… 딱히 한국 국적이 있던 것도 아니니까."

"그럼 여권은 어떻게 받은 거예요?"

"거기서 무슨 중요한 사람들하고 일을 같이 했대요. 그러다가 볼리비아 해군에 입대했고, 전역할 때 선물로 여권을 받았대요."

"중요한 사람들은 무슨 중요한 사람인 거죠?"

"글쎄요. 아마 정치인들 아닐까요."

"정치가 중요하긴 하죠."

"근데 볼리비아는 내륙국이거든요. 바다가 없어요. 원래는 항구가 있었는데 칠레한테 뺏겼대요. 그래서 해군은 호수에 주둔해요. 티티카카호수에 잠수함까지 있고요. 처음엔 좀 낭만적이다 싶었거든요? 다시 생각해 보니까 영 무서워요. 언젠가는 그 땅을 꼭 되찾겠다는 거잖아요. 까딱하면 전쟁인 거죠."

"북벌이네."

"북벌이랑은 좀 다른 거 같아요. 수복하려는 거니까."

"하여튼 정치가 중요하겠어요."

"그렇죠. 정치는 중요해요."

이야기는 곧 상계동 숙소에 대한 것으로 넘어갔고, 나는 그람 씨에게 거룩 씨의 팽이버섯 차에 대한 맹신에 관해 들려줬다. 거룩 씨의 성은 '안'이었는데 성을 붙여 부르면 안거룩이 돼 버려서 거룩한지 안 거룩한지 애매한 부분이 있었다. 안씨들의 애로 사항에 대해 깊이 공감하던 그람 씨가 자기

사촌의 이름을 알려 주려던 찰나에 슬사모 회원 한 명이 늦은 출석을 했다.

그 회원은 전에도 몇 번 본 적이 있었다. 외국계 회사에 다니며 남춘이라는 이름의 노란 개를 키운다고 했다. 남춘천산에서 어미를 잃고 울고 있던 아이라 그렇게 지었다. 처음 보는 사람에게는 개답게 짖었고 친해지면 발밑에 와서 알은체를 잘했다. 산책할 때는 주인보다 많이 앞서가지 않고 점잖게 꼬리를 흔들며 걸었다.

남춘이의 주인은 커피 맛이 별로라며 원두를 어디에서 샀는지 내게 물었다. 내가 집 앞 카페에서 100그램씩 사 온다고 하니 그가 맛있는 원두를 파는 사이트를 안다며 알려 줬다. 나는 네이버 메모장에 업체 이름을 적었다. 그 회원은 문득 우울한 표정으로 국제 커피 선물 시장이 요동치고 있으니 종이컵을 쓰지 말고 텀블러를 가지고 다니자고 했다. 나는 커피 선물이 가격도 적당하고 받는 사람도 좋아해서 괜찮을 거 같은데 무슨 문제가 있냐고 되물었는데, 그 선물이 그 선물이 아니었다. 기후변화가 커피 생산에 미치는 영향에 대한 우려가 이어졌다. 나는 꼭 텀블러를 사야겠다고 생각했다. 생각만 한 게 아니라 그 자리에서 바로 쿠팡을 열어 텀블러를 주문했다. 그 회원은 어렸을 때 커피라는 이름의 구관조를 키우기도 했는데, 그 얘기를 하다가 우리는 같이 조금 울었다. 한

번 울기 시작하니 눈물이 멈추지 않아서 당황스러웠다. 그람 씨가 준비한 티슈를 거의 다 쓰고도 계속 울었다. 화장실에서 세수를 두 번 하고 왔지만 계속 눈물이 났다. 그 회원은 너무 슬픈 이야기를 해서 미안하다고 했다. 나는 요즘 자꾸 이런다고, 왜 이러는지 모르겠다고 겨우 말했다.

우리는 슬픈 이야기 대신 화나는 이야기를 하기로 했다. 회원님은 철교 밑에 모여 있는 비둘기를 보면 화가 난다고 했다. 소름이 돋는다고. 구관조랑 비둘기랑 뭐가 달라요? 비둘기에게는 잘못이 없어요. 편히 살 곳을 빼앗은 인간들이 나쁘지. 그람 씨가 비둘기의 편에서 항변했다. 나도 그람 씨의 말이 맞는 것 같았는데, 회원님은 수긍하지 못하는 눈치였다. 비둘기의 잘잘못을 따지다 보니 어느새 눈물이 멎어 있었다. 모임을 정리하고 셋이서 의자를 치우는데 그람 씨가 내게 말했다.

"들떠 보여요."

"내가요?"

"네."

"그런가?"

"우울한 거보단 나은 거 같기도 하고."

"그래요?"

"근데 조심해요."

"뭘?"

"그럴 때는 항상 조심해야 돼, 원래."

집에 와서도 내내 동그람의 말이 신경 쓰였다. 조심하는 태도에 대해서라면 게을리하지 않는 편이라고 자신했는데 요즘 들어 조심성이 부쩍 줄어든 것 같다는 생각이 들었기 때문이다. 상계동에서 벌어지고 있는 일들 때문에 특히 그랬다. 그람 씨에게는 다 말할 수 없는 사정들로 머리가 복잡한 게 사실이었다. 당장 내가 어떻게 할 수 없는 부분이 많았다. 마스크 공장에 다시 출근하게 되어 바쁘기도 했다. 정규직으로 일하던 직원들 중 절반이 한꺼번에 확진 판정을 받아 짧게 일을 도와줄 사람이 필요하다고 했다. 내가 원하는 건 지속적이고 안정적인 일자리였다. 마스크 공장에서는 필요할 때만 일할 수 있었는데 그 필요가 나의 필요가 아니라는 점이 나를 화나게 했다. 하지만 습관적인 공손함을 거두지 못했다. 사장의 전화를 받고 "그럼요, 도와드려야죠."라고 말해 버린 것이다. 실은 "사장님도 나 좀 도와줄래?"라고 말하고 싶었는데 말이다. 필요할 때만 연락해서 싸게 부려 먹는 건 아무리 생각해도 도와주는 게 아니었다. 도와준다는 말부터 웃겼다. 물론 나는 조심하는 사람이므로 그런 기색은 일절 내비치지 않았다.

나 말고도 사장을 도와주러 온 사람들이 몇 있었다. 안면 있는 사람이 하나 있어서 식사 시간에 옆에 앉았다. 나는 그 사람을 위해 컵에 물을 따라 주거나 수저를 대신 놓아 주었다. 봤냐 새끼야 이런 게 도와주는 거다 씨발놈아.

사장은 식탁으로 쓰는 긴 책상 앞에 티브이를 가져다 놓고 식사 때마다 YTN을 틀었다. 티브이를 등지고 앉은 날은 라디오다 생각하고 뉴스를 들으며 밥을 먹었다. 덕분에 공장에 다니는 동안 정치·경제·사회·국제 등 시사 전반에 있어 중요한 맥락을 따라갈 수 있었다. 뚝섬의 서울숲에서 단체 생활을 하고 있는 사슴들이 이상 행동을 보이고 있다는 리포트 도중에 긴급 속보 자막이 떴다. 앵커는 밥베스트 인터내셔널 대표 박종일의 실종 소식을 알렸다. 티브이를 등지고 있던 사람들이 전부 뒤로 돌아앉았다.

바로 전날 새오름 식당에서 연탄불고기를 먹으며 회식을 한 탓에 뭔가 더 감정이입이 됐다. 자세한 소식이 들어오는 대로 전해 드리겠다는 앵커 멘트가 끝나자 날씨 예보가 이어졌다. 수도권 일대의 미세먼지 농도가 나쁨 수준이라는 소식에 밥을 먹던 사장이 감복한 듯 크게 고개를 끄덕였다. 누군가 카카오톡으로 받았다는 박종일의 소식을 읽어 주었다. 유튜브 채널 「박종일의 일급요리」에서 구독자 천만 달성 기념 라이브 소통을 진행 중이던 박종일 씨가 인형 탈을 쓴 누군가의 등장과 함께 갑자기 사라졌다는 거였다.

"그럼 납치야?"

"몰라. 방송이 15초 정도 끊겼는데 다시 연결됐을 때는 화면에 아무도 없었대. 곧이어 인덕션 위에서 조리 중이던 제육볶음이 타기 시작했고 스튜디오는 연기로 가득 찼다. 신고를 받고 출동한 소방관들이 사다리차를 올려 창문을 통해 진입했고 큰 화재로 번지는 것을 막았다. 스튜디오는 텅 비어 있었고 진행 중이던 방송은 카메라를 들여다보는 소방관의 얼굴을 비춘 뒤 갑자기 종료됐다."

"납치네."

"경찰은 납치 가능성을 고려해 신속한 수사를 진행하고 있다."

"왜 기자처럼 말해요."

"써 있는 대로 읽는 거야."

"기사예요?"

"아니. 그냥 단톡방에 올라온 건데."

"나 박종일 선생님 강연 간 적 있어." 사장이 메추리알조림을 집으며 말했다. "그때는 아직 예능에 나오시기도 전이었는데."

"사장님, 식당 하려고 그랬어요?"

"했어. 했는데 망했어."

"뭐 팔았는데요?"

"제육볶음."

"근데 박종일이 왜 선생님이야? 어디 교수 같은 거 하나?"

"교수 하려면 하고도 남지. 하다못해 겸임이라도." 사장이 밥베스트 인터내셔널 직원이라도 된 것처럼 말했다. "바빠서 전임은 못 하실 거야."

"그럼 그냥 박종일 대표라고 하면 되지 왜 다들 선생님 선생님 하는 거예요?"

"누가 선생님이라 그러는데."

"사장님."

"테레비에서도 선생이라고 그러더라."

"「집밥 박선생」 해서 그래."

"그냥 장사하는 사람이지 뭘 선생이야. 프랜차이즈 사업가잖아. 선생은 그런 게 아니다. 존경받을 만한 사람한테 붙여야지. 리스펙트가 있어야 되는 거라고."

"그럼 누가 선생인데?" 사장이 팔짱을 끼고 물었다. 영 못마땅하다는 표정이었다.

"강형욱?" 내가 말했다.

"강형욱?"

"강형욱……."

"음."

"너무 어린데."

"안 어려요. 85야."

"어리다기보다 젊네. 선생하기에는."

"차라리 이찬종은 어때요?"

"이찬종은 소장님이에요. 그게 입에 딱 붙어."

"아…… 사진 떴다. 봐 봐. 박종일 뒤에. 이거 뭘 뒤집어쓴 거지?"

"스폰지밥이네요."

"스폰지송 아니에요?"

"스폰지밥이야 스폰지송이야?"

"그 얘기 하려면 또 한참 걸리죠." 내가 말했다.

"납치하기에는 팔이 너무 짧다."

"앞도 잘 안 보일 것 같아."

"금방 찾겠죠?"

"경찰들이 찾으면 금방 찾겠지……."

"그래. 별일 없을 거야."

"별일 없어야 할 텐데."

별일이 아주 없지는 않았다. 이튿날 보건소에서 연락이 왔다. 밀접 접촉자로 분류돼 PCR 검사를 받으라는 내용이었다. 확진자는 사장님이었다. 밥 먹으며 너무 긴 대화를 한 게 역시 마음에 걸렸다. 조심했어야 하는데. 일 끝나고 본체와 약속이 있었는데 못 가게 되었다고 메시지를 보냈다. 바로 전화가 걸려왔다.

"검사 받았어?"

"아니. 지금 보건소 가려고."

"음성 나오면 괜찮잖아."

"그래도 조심해야지."

"이따 치킨 먹을 거니까 꼭 와."

"안 간다고."

본체는 내 말을 다 듣기도 전에 전화를 끊었다. 검사를 위해 간 보건소에는 벌써 줄이 길었다. 음성이 나오면 '능동 감시 대상자'로 분류된다는 안내를 받았다. 집에 가는 길에 마트에 들러 CJ 햇반 컵반 같은 걸 좀 살까 하다가 쿠팡에서 시키면 되겠다 싶어서 그냥 갔다. 오후 내내 넷플릭스를 보다 졸다 했는데 계속 보건 싫고 그렇다고 달리 할 일도 없어서 그냥 이불 덮고 누웠다. 괜히 막 열이 나는 것 같고 어깨도 결렸다. 확진 증상을 검색하다가 휴대폰을 손에 든 채로 잠들었다. 전화가 울려 깼는데 창밖이 어두웠다. 본체가 걸어온 페이스톡이었다.

"아파?"

"아니. 그냥 잤어."

"확진되신 거예요?" 닭다리를 든 안거룩이 화면 구석에 빼꼼히 들어왔다.

"아직 몰라요. 결과 안 나왔어요."

"얘들아, 인사해. 안녕하세요 해." 본체가 카메라 방향을 돌렸다. 거실 바닥에 둘러앉은 우리들이 손을 흔들었다. 선명한 화질은 아니었지만 상자 모양으로 봐서는 교촌인 것 같았다.

"교촌이야."

교촌이었다. 그런데 그 뒤편, 베란다로 나가는 문 쪽에 노란 물체가 보였다. 스폰지밥 인형 탈이라고 생각하면 딱 맞는 사이즈였다. 전국적으로 활동 중인 스폰지밥 인형 탈은 몇 개나 될까? 제법 대중적인 캐릭터지만 인형 탈은 흔치 않을 것이다. 카카오톡 이모티콘이면 몰라도. (그건 나도 하나 가지고 있었다.) 스폰지밥 테마파크가 있는 것도 아니고, 어린이들이 생일잔치에 부르고 싶어하는 캐릭터 3등 안에 들 리도 없었다. 솔직히 어린이를 위한 콘텐츠가 맞나 싶기도 했다. 내가 「스폰지밥」을 보며 울고 웃고 한 건 모두 20대 중반이 지나서의 일이었다.

본체는 대체 무슨 일을 꾸미고 있는 걸까. 페이스톡을 종료한 뒤에도 찜찜한 기분이 가시지 않았다. 조심하는 것만으로는 부족하다는 생각이 들었다.

괜한 의심이 아니었다. 상계동 숙소에 쌓여 있는 상자에는 주민등록증이 가득했다. 그렇게 많은 주민등록증이 한곳에 모여 있는 걸 본 건 처음이었다. 치킨집에서 배달 나갈 때 한 개씩 넣어 주려고 제작한 쿠폰처럼 차곡차곡 무심히 담겨 있었다. 옆에 있는 상자를 열어 보아도 마찬가지였다. 밑바닥에는 고무줄로 묶인 옛날 주민등록증도 한 무더기였다. 수기로 적힌 신상 정보에 비닐 코팅이 돼 있는 종이 신분증이었다. 이제껏 영화에서 소품으로나 본 적 있는 물건이었다. 세피아 톤으로 색이 바랜 사진 속에는 유행이 지난 커다란 안경에 어색한 헤어스타일을 한 사람들이 상자 밖을 올려다 보고 있었다.

그리고 우리들의 신분증이 있었다. 얼굴이 있어야 할 자리를 채운 건 각기 다른 표정을 한 스폰지밥이었다. 잠자리채를 들고 해파리를 쫓아가는 스폰지밥도 있었다.

"이게 다 뭐야?" 본체에게 물었다.

"우리는 계속해서 만들어 내고 있어." 본체가 말했다. "더 많은 우리들을." 본체는 주민등록증 하나를 꺼내더니 보석을 감정하는 전당포 주인처럼 눈 가까이 대고 살펴보았다. 냄새를 맡기도 하고 형광등에 비춰 보기도 했다. "언제나 더 많은 우리가 필요하거든."

"주민등록증으로 뭘 할 수 있는데? 그냥 플라스틱 쪼가리잖아. 공인인증서도 못 받을걸? 고등학생들이 편의점에서 담배 사는 데 쓸 수는 있겠네."

"네 말이 맞아. 이건 그냥 형식일 뿐이지. 진짜 우리를 만드는 건 믿음이야." 본체가 잠시 멈추었다가 말을 이어 갔다. "하지만 형식 없는 믿음은 금방 무너지지."

지금까지 모은 우리들이 꽤 많다고 했다. 숙소에서 전화를 붙잡고 있는 것이 모두 우리들을 관리하는 활동이었다.

"그렇게 사람을 모아서 뭘 할 건데? 옥장판이라도 팔 거야?"

"그것도 나쁘지 않아. 처음에는 치약이나 주방 세제부터 시작하는 게 좋겠지."

"그럼 스폰지밥은 뭔데?"

본체는 잠시 말이 없다가 웅얼거리듯 대답했다.

"내가…… 좋아해."

상계동의 실체가 독서 모임이나 주식 정보 리딩방이었으면 실망했을 것이다. 뭔가를 믿기 위해 모인 사람들이라니. 같은 믿음을 가진 사람이 백 명 이상 모이면 하여튼 무슨 일이라도 할 수 있을 테니까.

그때부터 상계동이 꽤 마음에 들었다. 일단 사람이 복작거리는 분위기가 좋았고, 거룩 씨가 쉬지 않고 끓여 내는 팽이버섯 차도 입에 맞았다. 드디어 내 인생에 무슨 일이 벌어지기 시작하는 기분이었다. 평생 혼자 너무 심심하게 살았는데 갑자기 친구들이 생긴 거다. 신나는 일이었다. 너무 좋았다.

문제는 다시 한번 조심에 관해서였다. 본체는 조심성이 없어도 너무 없었다. 조심이란 걸 아예 하려고 들지를 않았다. 젊은 날의 패기 따위를 남용하는 듯 보였다. 물론 본체는 젊었다. 본체는 나이기도 하지만 내게서 나온 지는 몇 년 되지 않았으니까 나와 본체의 나이가 완전히 같을 수는 없었다. 그런데 어려도 신중한 사람이 있고 나이 먹어도 대책 없는 사람이 있잖아. 그러니까 젊고 말고의 문제만은 아닌 것 같았고 본체는 하여튼 좀…… 그랬다.

본체에게 묻고 싶었다. 상계동에 스폰지밥 인형 탈이 있냐고. 메시지를 여러 번 쓰고 지웠다. 결국에는 보내지 못하고 잠들었다. 아침이 밝자마자 PCR 검사 결과를 받았다. 음성이었다.

5

사라진 박종일에 대한 제보가 처음 올라온 곳은 SBS의 예능 프로그램 「박종일의 식당탐방」 시청자 게시판이었다. 방송은 종영됐지만 아직까지 게시판이 열려 있었다. 글쓴이는 통영에서 다찌집을 운영하는 50대 자영업자였다. 그는 「식당탐방」이 처음 방영된 2018년부터 열렬한 시청자였다고 자신을 소개했다.

제보자는 여느 날처럼 저녁 9시에 장사를 마무리하고 홀로 남아 가게를 정리하고 있었다. 영업시간 제한 조치를 뻔히 알면서도 막무가내로 들어오는 손님들이 종종 있어 문은 잠가 둔 상태였다. 다음 날 장사에 쓸 미나리를 가게에서 다듬을지 집에 가져갈지 고민하던 중 누군가 문을 두드렸고, 무시

했는데도 자꾸 두드려 무슨 일이라도 있나 싶었다. 마스크를 올려 쓰고 블라인드를 걷어 올렸더니 유리문 뒤에 박종일이 서 있었다. 박종일은 간단한 요깃거리를 포장해 줄 수 있으냐고 물었고, 돈을 안 받을 테니 한 상 들고 가라는 사장의 제안을 극구 사양했다. 그럼 해물파전을 싸 드리겠다고 하니 그것 참 좋다고 했다. 전을 부치는 동안 박종일은 부엌에도 들어와 보고, 냉장고도 열어 보더니 관리를 잘하고 계시다며 칭찬을 아끼지 않았다. 떠나는 길에 박종일은 따뜻한 충고를 남겼다.

"다찌집은 널렸는데 여긴 뭔가 특색이랄 게 없쥬? 구성이야 거기서 거기잖아. 사장님 같으면 어딜 가고 싶겠어요. 고민을 좀 해 보시고, 그럼 다음 주에 봅시다."

제보자는 박종일의 조언대로 새로운 메뉴를 개발하고 있다며, 해물을 이용한 라면 다섯 가지와 미역 육수를 베이스로 한 샤브샤브 세트의 사진을 올렸다. 사람들은 일주일 후에 정말로 박종일이 다시 나타날 것인지를 두고 갑론을박했다. 하지만 그럴 가능성은 크지 않아 보였다. 곧이어 너무 많은 곳에 박종일이 나타나기 시작했기 때문이다. 전주 한옥마을의 베이커리 카페에, 화곡동의 불막창집에, 어느 국도변의 안흥찐빵 매대에 박종일은 나타났다. 그리고는 어김없이 다음 주에 봅시다, 라는 말을 남긴 채 떠났다. 하노이의 반미 가게

와 마드리드의 추로스 가판대에서도 박종일은 목격됐다. 댈러스의 도넛 하우스와 울릉도의 칡소 전문점에서 박종일을 봤다는 목격담이 같은 날 나란히 올라오기도 했다. 급기야 잠깐의 관심을 얻기 위해 박종일 목격담을 지어내는 가게마저 있었다.

상계동에서 스폰지밥 인형 탈을 발견했을 때는 정말이지 큰일 났구나 하는 생각이 들었다. 궁금했지만 아무것도 물어보지 않았다. 까딱하다가는 공범으로 몰릴 수 있겠다 싶어서였다. 안거룩을 비롯한 우리들이 유난히 들떠 보이던 날이었다. 이제는 누가 권하지 않아도 내가 먼저 부엌에 가 팽이버섯차를 따라 마셨는데, 얼굴이 벌겋게 달아오른 안거룩이 와서는 캔 맥주를 권했다. 나는 술을 하지 않는다며 사양했다. 안거룩이 금주하는 이유를 물었지만 진심으로 궁금해하는 것 같지는 않아서 말을 돌렸다.

"다들 왜 이렇게 기분이 좋아요? 무슨 일 있어요?"

"디데이가 정해졌어요."

"무슨 디데이요?"

"본체의 밤이 열릴 거예요. 전국의 우리들이 한자리에 모입니다. 약속의 날이 오는 거죠."

불콰히 취한 우리들은 어깨를 걸고 「인터내셔널가」를 불렀다. 눈물을 훔치기도 하고 가사를 모르는지 웅얼거리며 허밍하는 사람도 있었다. 편의점에서 돌아온 본체는 비닐 봉투를 산타클로스처럼 둘러메고 있었다. 봉투에서 담배를 잔뜩 꺼내더니 사인 볼을 나눠 주는 야구 선수처럼 우리들에게 뿌렸다. 우리들의 반응은 열광적이었다. 포격을 뚫고 전선에 도착한 보급품을 맞이하는 군인들 같았다.

"술은 왜 안 마시는 거예요?" 안거룩이 물었다. "몸에서 안 받아요? 예전에는 마셨는데 지금은 안 마시는 거? 참는 거예요? 아니면 맛이 없어서? 취하기 싫어서?"

이젠 정말 진심으로 궁금해하는 것 같았다. 지나치게 집요한 것 같아 영 불편했다. 대답 대신 컵에 남은 팽이버섯 차를 원샷했다. "와 근데 이거 진짜." 몸을 벌떡 일으키며 말했다. "이뇨 작용이 탁월하네요."

"그렇죠?" 안거룩이 한 모금 마신 맥주 캔 입구에 소주를 따라 넣으며 말했다. "팽이버섯 차랑 같이 술마시면 절대 안 취해요."

자정 넘어서 아랫집 사람이 올라와 조용히 좀 하라며 화를 엄청 내고 갔다. 잠시 후에는 경찰까지 왔다. 집에 사람이 가득한 걸 보더니 방역 수칙을 위반했다며 지금 당장 해산하라고 했다. 다음에는 구청 직원과 함께 올 거라고 했는데 그후로는 다들 조용해져서 또다시 항의를 받지는 않았다. 안거룩이 변기를 붙잡고 토를 엄청 해 댔다. 나는 늦게라도 집에 가려고 했는데 막상 나가려니 혼자 가기 무서웠다. 그냥 대충 먼저 누운 사람들 사이에 낑겨서 잠을 청했다. 오줌이 마려워 중간에 깼고, 다시 자 보려다가 참지 못해 화장실에 갔다. 변기는 지옥의 하수구처럼 더러웠다. 아직 토사물이 말라붙기 전이라 샤워기로 주변을 대충 헹궈 냈다. 성에 차지 않아 홈스타를 뿌렸고 구석구석 솔로 문질렀다. 더 이상 거품이 나오지 않을 때까지 계속 물을 뿌렸다. 슬리퍼를 벽에 세워 놓고 화장실에서 나왔다. 창문에 가로등의 주황빛이 스며들어 있었다. 다른 방에서 작게 티브이 소리가 새어 나왔다. 본체가 화면 앞에 바짝 붙어 있었다. 화면 속 작은 사람들이 눈 덮인 산을 오르고 있었다. 본체의 얼굴에 티브이 화면의 밝은 빛이 머무르다 흩어졌다.

"씻었어?"

"아니. 청소했어."

본체는 자리에서 일어나더니 두꺼운 패딩을 걸쳐 입고 지퍼를 올렸다. 방울이 달린 비니까지 뒤집어썼다.

"어디 가려고?"

"응."

"어디 가려고."

"누가 올 거야."

"지금?"

"그래 지금."

그때 정말 초인종이 울렸다.

"나가자."

"나도?"

"응. 너도."

"왜?"

"저쪽도 두 명이니까."

현관문 밖에는 정말로 두 사람이 서 있었다. 노란색 민방위 점퍼가 너무 얇아 추워 보였다. 한 사람이 내게 악수를 청했고, 다른 한 사람은 주머니에 넣은 손을 빼지 않았다. 두 사람 모두 책받침만 한 수첩을 겨드랑이에 끼고 있었다. 그중 한 명이 조용한 곳으로 자리를 옮기자며 앞장섰다. 우리는 근처 신축 빌라 건축 현장으로 향했다. 안쪽 깊숙이 놓여 있는 드럼통에 불이 피워져 있었다. 먼저 와서 자리 잡고 있던 떠돌이 개가 우리 쪽을 힐끔 바라보았다. 내가 쭈 하고 혀를 찼는데 개의 반응은 심드렁했다.

"간밤에 경찰이 다녀갔죠? 출동한 경관들이 스폰지밥을 본 모양입니다. 정보 보고가 올라갔어요."

"우리도 더는 못 막아 줍니다."

"이분들은 누구셔?" 내가 물었다.

"위원회야." 본체가 주머니에서 육포를 꺼냈다. 엎드려 있던 개가 고개를 들고 킁킁거렸다. 개는 본체에게 가까이 와 냄새를 맡더니 육포를 물고 있던 곳으로 돌아갔다. "절대로 믿으면 안 되는 분들이지."

"너무 짤 텐데?" 둘 중 머리가 흰 쪽이 말했다.

"사람 거 아니에요." 본체가 주머니에서 육포 봉지를 꺼냈다.

"아, 베이컨 박스네." 상대적으로 젊은 위원회 사람이 아는 척을 했다. "나도 그거 구독해요."

"그게 뭔데?"

"매달 강아지 장난감이랑 간식 같은 거 보내 주는 서비스예요."

"좋아?"

"괜찮아요."

"링크 보내 줘."

"계장님 개 안 키우잖아요."

"나중에 키울 수도 있잖아."

"스폰지밥이 왜요?" 짚이는 게 있지만 확인해야 했다. "무슨 얘기들 하는 거예요?"

"옆에 계신 분이 박종일 씨를 마지막으로 봤지. 실종되기 전에." 계장이라고 불린 사람이 말했다.

"스폰지밥 인형 탈을 쓰고서 말이죠." 젊은 사람이 말을 이어 갔다. "그것 때문에 우리 모두 지금 매우 곤란하고요."

두 사람이 번갈아 말을 이어 가는 게 자연스러워 신기했다. 오래 호흡을 맞춘 배우들의 대사 같았다.

"때가 되면 돌아올 거예요. 제가 어떻게 할 수 있는 일이 아니죠." 본체가 육포를 뜯어 던졌다. 개가 껑충 뛰어올라 받아먹었다. "내가 할 수 있는 건 길을 보여 주는 것뿐이에요. 길 위에서 얼마나 머무르는지는 자기 몫인 거지."

"본체의 밤 전까지는 돌아와야 돼." 계장이 말했다. "저번에 보여 준 그 구린 포스터는 절대 쓰지 말고. 체 게바라 닮았잖아. 수염만 없다 뿐이지."

"체 게바라가 어때서요." 본체가 말했다.

"언제 적 체 게바라예요." 젊은 사람이 말했다. "「음악중심」에 메탈리카 부르겠어요? 「가요톱텐」 시절이면 모를까."

"그렇지. 메탈리카 듣던 사람들 지금 다 부장급이야. 혁신이 없다고." 계장이 말했다. "제일 위험한 건 아직도 엘리엇 스미스 듣는 사람들이지. 그쪽은 승진을 못해. 승진할 생각도 없을걸?"

"계장님. 그 사람들 더 스미스도 듣지 않아요?"

"그렇지. 에어로스미스 듣지는 않을 거 아니야."

위원회 사람들은 뭐가 웃긴지 서로를 마주 보고 킥킥댔다.

좀 어이가 없었다. 나는 셋 다 좋아하는데.

"하여튼 스미스가 좋아. 이름이 좋잖아. 대단히 미국적인 느낌이고."

"맞아요. 샘 스미스도 괜찮아요."

"더 스미스랑 샘 스미스 둘 다 영국인데요? 그리고 영국에도 스미스 많아요. 아니, 그게 아니라 애초에 스미스는 영국 이름이잖아. 그게 왜 미국적이에요." 말하다 보니 나도 모르게 목소리가 높아졌다.

"영국도 사실상 미국이지."

"누구 맘대로?"

"라이언 일병이랑 윌리엄 경이 있다고 해 봐요. 당신 같으면 누굴 구하러 갈 거 같아요? 그래서 라이언 일병을 구했다고 쳐 봐요. 라이언 일병이 우리를 구해 줄 거 같아요, 안 구해 줄 거 같아요? 그게 미국식 순환이고 미국적 정의인 거죠."

"영국은 이제 그거야. 미국의 흔적기관 같은 거."

"그래서 그거, 뭐, 어떻게 하라는 거예요. 포스터를." 본체가 짜증 내며 말을 끊었다.

"좀 수정을 해야 돼요. 안 그러면 위에 못 올려요."

"원만하게 가자고. 국감 때 말 나오면 여러 사람 피 보는 거야."

"음……." 본체는 눈알을 굴리며 고민했다. 도움을 구하는 듯 내 쪽을 쳐다봤지만 나로서는 딱히 할 말이 없었다. "그러니까…… 그럼…… 고르바초프?"

계장이 겨드랑이에 끼고 있던 커다란 수첩을 펼쳤다. 이리저리 페이지를 넘기며 옆 사람과 의견을 교환했다. 마주 보고 고개를 끄덕이더니, 젊은 사람이 본체에게 말했다.

"고르바초프는 두 자리 남았네요. 한러 수교 30주년 때 열었는데 아직 신청자가 없어요."

"그래. 고르바초프로 하자고. 클래식하니 좋네. 그분 아직 현역이야. 송해보다 젊어."

"잘해 보자고."

"잘 부탁드려요."

위원회 사람들은 본체와 내게 힘찬 악수를 건넸다. 그들은 수첩에서 몇 장을 뜯어내더니 드럼통에 던졌다. 잠잠하던 불이 한순간 솟아올랐다. 두 사람은 주머니에 손을 넣고 건축 현장을 빠져나갔다. 떠나기 전 계장이 뒤를 돌아 본체에게 말했다.

"박종일. 알지?"

본체는 대답 대신 손을 흔들었다.

박종일은 그 뒤로도 곳곳에 나타났다. 자신의 프랜차이즈 지점을 방문해 설거지를 하다 가기도 하고, 유튜브 채널 「ㅈ

톡킹」 윤규진 편에 댓글을 남긴 게 발견되기도 했다. 언론사마다 박종일의 목격담에 단독 타이틀을 붙여 경쟁적으로 기사를 썼다. 다른 중요한 일이 없어서 그런가 싶었는데, 사실 정말 중요한 일이 많다는 걸 생각해 보면 좀 한심한 일이었다.

하지만 상계동에는 박종일에 관심 갖는 사람이 아무도 없었다. 우리들의 관심사는 오직 본체뿐인 듯했다. 우리들의 표정이 가장 밝은 시간은 본체와 함께하는 저녁 회의 때였다. 그렇다고 평소에 막 어둡고 그런 건 아니었다. 신념이 있는 사람들의 표정은 확실히 밝았다. 가끔 내가 너무 뒤처진 게 아닌가 하는 생각이 들었다.

6

우리들은 집이 있어도 집에 갈 생각을 하지 않았다. 버티고 버티다가 가까스로 한번씩 겨우 집에 다녀오는 식이었다. 다들 떡 진 머리로 새우잠을 자며 지내다가 밀린 숙제라도 하는 것처럼 가방에 빨랫감을 쑤셔 넣었다. 가는 길에는 어디 먼 데 가서 다신 못 볼 사람들처럼 아쉽게 인사를 하고 한숨을 푹푹 쉬었는데 어김없이 반나절 만에 돌아왔고 길어도 하루를 넘기는 경우가 없었다. 들어 보면 집에 가서 하는 일이라고는 샤워하고 빨래 걷고 빨래 돌리고 빨래 널고 다시 가방을 싸는 게 전부였다.

그렇다고 상계동에 할 일이 그렇게 많았느냐고 하면 그것도 아니었다. 낮에는 2인 1조로 동네 곳곳에 전단지를 붙이더

다녔고 저녁에는 각자 관리하는 우리들에게 전화를 돌렸다.

우리들 중 가장 어린 오히 씨는 그중에서도 특히 집에 가지 않았다. 숙소에서 매일 샤워하는 유일한 사람이었다. 듣기로는 집을 나온 지 석 달째라고 했다. 중학교에 들어가자마자 자퇴하고 그해에 고입, 대입 검정고시를 연달아 패스했다. 오히 씨는 주민등록증을 받은 지 얼마 되지 않았다. 나는 오히 씨와 전단지를 붙이러 같이 나가는 일이 많았다. 내가 들겠다고 해도 오히 씨는 굳이 굳이 백팩에 전단지를 가득 담아 둘러멨다. 오히 씨의 가방에서 전단지를 꺼내다 보면 낱개로 포장된 청포도 사탕이 손에 집혔다. 나도 좋아하는 사탕이라 걷다가 힘들면 하나씩 까서 먹곤 했다.

그날도 오히 씨와 나는 당고개까지 걸어 다니며 전단지를 붙였다. 마트 옆에서 붕어빵을 팔길래 하나 사 먹으려고 했는데 지갑에 현금이 없었다. 오히 씨가 주머니에서 꼬깃꼬깃 접힌 천 원짜리 한 장을 꺼냈다. 두 개 정도는 살 수 있을 줄 알았는데 하나에 천 원이었다. 팥과 크림 중 하나를 고르는 게 너무 어려웠다.

"한 마리에 크림이랑 팥이랑 같이 넣어 주시면 안 돼요?" 오히 씨가 붕어빵 사장님에게 말했다. "다음에 단체 주문할게요."

"단체면 얼마나?" 사장님이 건조하게 되물었다. "한 백 개는 주문해야 단체지."

통명스러운 말투와는 달리 사장님은 빵틀에 새 반죽을 올리고는 팥 앙금과 크림 속을 한 칼씩 떠서 톡톡 두드려 내려놓았다.

"혹시 출장도 해요? 우리 곧 큰 행사 하거든요." 오히 씨가 가방에서 전단지를 한 장 꺼냈다. 사장님에게 손이 닿지 않아 내가 받아 건넸다. "거기 밑에 전화번호로 연락 주세요."

사장님은 전단지를 유심히 보더니 우습다는 듯 콧방귀를 뀌었다. 그러고는 두 번 접어 앞치마 주머니에 넣었다. 종이봉투에 새로 구운 반반 붕어빵 한 개와 구워 놓은 팥 붕어빵 세 개를 넣어 주었다. 감사하다고 연신 인사했더니 행사는 언제 어디서 하냐고 물었다.

오히 씨와 나는 동사무소 앞 버스 정류장 의자에 앉았다. 문득 우리 동네 동사무소의 '슬픈 사람 모이세요'가 생각났고 지난주 모임에 연락도 없이 참석하지 않았다는 걸 깨달았다.

"따듯한 거 먹어요."

나는 오히 씨에게 새로 구운 붕어빵을 건넸다.

"아, 그거는 본인 갖다 드릴래요."

"어차피 들어갈 때 되면 다 식을 텐데."

"반반 붕어빵은 신기하잖아요."

지나가는 사람이 없는지 확인하고 마스크를 내렸다. 나는 팥 붕어빵을 꼬리부터 베어 물었다. 의자에 열선이 들어 있어 엉덩이가 뜨듯했다. 오버사이즈 코트를 입은 사람이 주머니에 손을 넣은 채 정류장 쪽으로 다가왔다. 나는 마스크를 올려 쓰고 붕어빵을 계속 씹었다. 시원한 흰 우유를 마시면 좋을 것 같았다. 오히 씨는 그 와중에도 전단지를 꺼내 코트 입은 사람에게 건넸다. 그 사람은 열심히 읽다가 초록색 버스가 다가오자 전단지를 오히 씨에게 돌려주었다. 털털거리며 지나가는 버스 꽁무니를 눈으로 좇다가 오히 씨에게 물었다.

"부모님이 걱정 안 해요?"

"뭘요?"

"집에 너무 안 들어가잖아요."

"매일 전화해서 괜찮아요. 어차피 한국에 없어요."

"어디 계시는데요?"

"리투아니아요."

왜 같이 가지 않았냐고 물어보려다가 너무 캐묻는 것 같아서 그만두었다. 대화가 끊기는 게 싫었는지 오히 씨가 먼저 말했다.

"저 아직 조사받고 있거든요. 출국 금지 상태예요."

무슨 조사인가 싶었지만 너무 개인적인 질문 같아서 참았다. 오히 씨는 별로 신경 쓰지 않는 듯 계속 말했다.

"이래저래 재수 없게 얽혀서요."

"얽혀요? 뭐에?"

"국어련."

"국어련? 그 국어련?"

"네. 그 국어련."

어떻게 된 일이냐고 자세히 묻고 싶었지만 오히 씨가 계속 말할 것 같아서 기다렸다. 하지만 오히 씨는 더 말하지 않고 팥 붕어빵 하나를 또 꺼냈다.

국제 어린이 연합에 관해서라면 나도 잘 알고 있었다. 대처 시절 맨체스터의 탄광 노동자 자녀들이 주축이 돼 설립된 조직으로 전성기에는 30여 개국에 지부를 두고 있었다. 일본에서는 적군파 잔류 세력과 결합하여 활동하기도 했다. 동구권 붕괴 이후 일부 그룹이 유니세프에 합류하며 내홍을 겪었지만 헬싱키로 본부 사무소를 옮긴 뒤 어린이들의 노력으로 명맥을 이어 왔다. 몇 년 전 한국 지부의 페이스북이 개설된 이후 어린이 우유 앙팡 불매운동을 통해 대중에 알려졌다. 당시 전국 초등학교의 전교 회장단 절반 이상이 연합에 가입하거나 메일링 리스트에 이름을 올린 것으로 확인되며 화제를 모았다. 하지만 우유 급식 사업자 선정과 교육감 선거에 관여했다는 의혹이 제기되며 연합 관계자들은 사정 당국의 수사 선상에 오르게 된다. 이 과정에서 검찰은 강남 학원가를 중심으로 결성된 어린이 연합의 비선 조직 '대치회'의 회합 내용을 언론에 흘리기도 했다.

당시 청와대 민정수석은 출입 기자들과 가진 정례 브리핑 자리에서 어린이 연합에 대한 남부지검의 무리한 수사를 강도 높게 비판했다. 청와대와 검찰 사이의 불편한 기류가 수면 위로 떠오르며 법무부 장관의 수사 개입 여부도 논란이 됐다. 다음 날 조간에 터진 특종 사진으로 민정수석은 반나절 만에 자리에서 물러났다. 어린이 연합 간부들과 민정수석이 눈썰매장에서 함께 찍은 사진이었다. 결국 페이스북 페이지 관리자를 비롯한 핵심 관계자들이 줄줄이 중학교에 진학하며 국제 어린이 연합 한국 지부는 해체 수순을 밟게 된다.

내가 어린이 연합에 관심을 갖게 된 건 열한 살 때의 기억 때문이었다. 그해 어린이날 우리 반은 서울시청 앞 광장에서 열린 어린이날 행사에 구 대표로 참석했다. 마음씨 좋아 보이는 어른들이 풍선도 나눠 주고 얼굴에 토끼나 당근을 그려 주었다. 토끼 팀과 당근 팀으로 나눠서 줄다리기를 했는데 누가 이겼는지는 기억이 나지 않는다. 인형 탈 쓴 사람들이 춤추고 노래하는 뮤지컬 같은 공연도 있었고 잡초 뽑기도 했다. 다 좋은데 잡초를 뽑았다는 게 이해되지 않는다. 어린이들은 어른이 시키니까 뭐라도 뽑으려고 쭈그려 앉아 낑낑댔을 거다. 내 기억이 부정확한 것은 아닐까? 그날 내가 잔디밭에서 주워 담은 건 삐에로가 등장할 때 던진 색종이 조각 같은 게 아니었을까?

행사 말미에는 단체 사진을 찍었는데 사진사가 엄마 아빠 사랑해요라고 크게 외치자고 했다. 손을 흔들며 외치라고도 했고 색종이 조각을 던지며 외치라고도 했다. 역시 내가 주웠던 건 잡초가 아니라 색종이 조각이었던 걸까? 옆에 있던 다른 학교 선생님이 너는 왜 가만있느냐고 뭐라고 했는데 말문이 막혀서 계속 가만있었다. 엄마 아빠가 없다고 말하고 싶지는 않았기 때문이다. 나는 어려서부터 괜한 일로 엄청 많이 울었는데 그런 일로 운 적은 단 한 번도 없다.

오히 씨와 나는 붕어빵을 다 먹고 일어나 남은 전단지를 붙이러 다녔다. 어린이 연합 이야기는 꽤 오래전의 일이었고 오히 씨는 이제 어린이라기보다 청소년에 가까웠다. 아직도 진행 중인 조사가 있다는 게 의외였다. 돌아가는 길에 붕어빵 천막을 한 번 더 지나갔는데 사장님이 먼저 아는 척을 했다. 나는 그람 씨에게 부재중 전화가 와 있는 걸 나중에 알았다.

202호에 돌아왔을 때 우리들은 본체의 밤 행사 개최를 알리는 엽서를 한 장 한 장 손수 적고 있었다. 본체는 오히 씨가 가져온 붕어빵을 한입 먹더니 놀라운 맛이라며 엄지를 치켜들었다.

"한 개만 사 왔어?" 거룩 씨가 오히 씨에게 물었다.

"천 원밖에 없어서요."

"야, 우리도 입이야. 서운하네." 안거룩이 눈을 흘기며 말했다.

"아 왜 그래. 이따 내가 나가는 길에 사 올게." 본체가 반 남은 붕어빵을 안거룩에게 들이밀었다. "아니면 이거 먹어. 꼬리 쪽이야. 괜찮으니까 먹어. 팥이랑 크림이랑 같이 들었어."

"아 됐어요." 안거룩이 신경질을 부리며 방에 들어갔다.

나는 몸도 녹일 겸 따듯한 팽이버섯 차를 따라 마셨다.

본체의 밤을 준비하는 동안 상계동은 어느 때보다 활력이 넘쳤다. 행사 장소로 정해진 교회에 조를 짜서 출석하고 교인들과 안면을 텄다. 집합금지명령을 고려한 선택이었다. 그나마 많은 사람이 모일 수 있는 장소였고, 많은 사람이 모여도 주변에서 그러려니 할 만한 곳으로 교회만 한 곳이 없었다.

해당 교회와는 물론 일절 협의된 바가 없었다. 저녁 예배 시간에 맞춰 행사를 개최한 뒤 강대상을 기습 점거한다는 것이 우리들의 계획이었다. 내부자의 호응 없이는 성공하기 힘들었으므로 목회 방향에 불만을 품고 있던 권사 한 명을 포섭했다. 교회 도면과 목사의 세부 일정에 대한 자료를 그쪽으로부터 입수했다.

우리들이 본체의 밤을 준비하는 마음을 백 퍼센트 알 수는 없었지만, 적어도 본체의 밤에 대한 본체의 생각은 알 수 있었다. 묘하게 떨리고 흥분된 본체의 마음이 내게도 고스란히 전달됐기 때문이다. 본체가 하려는 게 뭔지 짐작이 갔다. 그는 열세 살의 생일 파티를 다시 하려는 게 분명했다. 그때 나는 같은 반 친구 스무 명을 맥도널드로 초대했다. 해피밀과 빅맥 세트 중에 무엇을 준비해야 하는지 심각하게 고민했다. 많이 먹는 애들은 그때 벌써 햄버거를 앉은 자리에서 세 개씩 먹을 수 있었다.

맥도널드에는 같은 반 친구 세 명이 왔고, 그중 두 명은 화장실에 간다더니 돌아오지 않았다. 해피밀을 선택한 걸 두고두고 후회했지만 문제는 그게 아니었다. 같은 날 반장도 생일 파티를 했는데, 나한테만 이야기를 안 해 줘서 모르고 있었던 것이다. 우리 집 선반에는 수레를 끄는 열아홉 명의 로날드 아저씨가 줄지어 서 있었다. 잊지 않기 위해 오랫동안 그대로 두었다.

오히 씨는 수능 전날까지도 전단지를 붙이러 다니고, 회의에도 참석했다. 시험을 치르고 난 뒤에도 다른 곳에 갈 것 같지는 않았다. 아침 일찍 상계동을 나서는 오히 씨에게 우리들은 민부곤 베이커리에서 산 찹쌀떡 세트를 줬다. 점심 무렵 중간 점검 회의가 열렸다. 문득 오히 씨가 도시락을 챙겼는지 확인하지 않은 게 마음에 걸렸다. YTN에서 박종일 씨의 최근 목격담을 전했다. 골드코스트의 해변에서 서핑하는 모습이 찍힌 사진이었다.

"구청은 어떻게 하죠?" 거룩 씨가 먼저 입을 열었다. "과태료 같은 거야 문제가 아니지만…… 강제로 해산시키려고 하면 어떻게 해요?"

"아, 그쪽은 걱정하지 마." 본체가 말했다. "관 쪽은 단도리가 돼 있으니까."

우리들은 다행이라며 머리를 끄덕였다. 아무래도 위원회 사람들을 염두에 둔 이야기 같았다. 나는 본체가 위원회며 박종일에 대한 이야기를 솔직하게 공유하지 않는 게 마음에 들지 않았다. 이 주제로 몇 번 실랑이를 하기도 했다. 모두가 모든 걸 알 필요는 없다는 게 본체의 생각이었다. 나의 못마땅한 시선을 의식했는지 본체는 수선을 떨며 자리에서 일어났다. 붕어빵을 사 오겠다며 밖으로 나갔다. 오히 씨가 가져온 붕어빵을 먹은 뒤로 그곳은 본체의 단골 가게가 됐다.

"다른 쪽은 어떻게 준비되고 있어?" 거룩 씨가 회의를 이어 갔다.

"음향은 문제가 없고요, 빔 프로젝터를 확인해 봐야 돼요. 있기는 한데 제대로 돌아가는지 확인이 안 돼요. 설교할 때는 안 쓰니까." 창현 씨가 말했다.

"성가대 연습할 때 틀어 봐." 안거룩이 깐깐한 얼굴로 말했다.

"그때도 안 쓰는데." 같이 다녀온 정현 씨가 대신 대답했다.

"다른 교회 영상 같이 보면서 참고하자 그래." 지수 씨가 아이디어를 냈다.

"에이. 그거는 그냥 단톡방에 링크 올리고 말죠." 창현 씨가 고개를 가로저었다.

"주일학교에서 애니메이션 같은 거 보자 그러면 안 되나?" 지수 씨는 옛일을 떠올리는 표정으로 말했다.

"Wanna chicken?" 리처드 씨가 끼어들었다.

"그거는 예배 끝나고 교육관에서 해 가지구." 정현 씨가 대답했다.

"After the service? What? Chicken?" 리처드 씨의 얼굴은 다소 상기돼 있었다.

"노. 노 치킨. 써럽, 리처드." 안거룩이 말했다.

"근데 우리 빔 프로젝터 왜 필요해요?" 지수 씨의 정당한 의문이었다.

"식순 띄워야지." 안거룩이 뭘 당연한 걸 묻냐는 듯 답했다.

"그냥 전지 같은 데 쓰면 안 돼요?" 창현 씨가 물었다.

"뒤에서 보이겠냐?" 정현 씨가 뚱한 표정으로 대답했다.

"오히 씨 도시락 챙겨 준 사람 있어요?" 내가 물었다.

"아니요. 따로 안 챙겼는데."

"편의점에서 사지 않았을까요?"

"걔 원래 점심 잘 안 먹어요."

"우리도 잘 안 먹잖아."

"맞아요. 끝나고 먹으면 되지."

"오히 오면 오늘 치킨 먹을까?"

"Chicken?"

"그러게. 수험생 할인 같은 거 있을 거 같은데."

"요기요 들어가 봐."

"너 요기패스야?"

"그게 뭔데?"

"오히 치킨 안 좋아해."

"그럼 뭐 좋아하는데?"

"붕어빵?"

"아, 그놈의 붕어빵."

"크림 반 팥 반 붕어빵."

"그냥 치킨 먹자. 피자도 시키고."

"오히 씨는 계속 조사받는 거예요?"

"무슨 조사요?" 내 질문에 안거룩이 눈을 동그랗게 뜨고 물었다. "아, 또 그 얘기 했어요? 자기 국어련이라고?"

"국어련은 아니지."

"그러게. 어린이도 아니잖아."

"그거 국어련 아니에요." 안거룩이 말했다. "굳이 따지면 재건위지. 국어런 재건위."

"뭐 제대로 하지도 못하고 걸렸잖아."

"재건위인데 재건을 못했어. 몇 명 잡혀 가지도 않았는데 뭐."

"그거 좀 있으면 어차피 기소 중지 뜰걸? 그렇게 자잘한 거 대선 전에 싹 정리하고 가니까."

"저 좀 나갔다 올게요." 내가 말했다. "케이크라도 하나 사 오게요."

"케이크요?" 안거룩의 되묻는 말투가 영 띠꺼웠다. "예에."

"오희 케이크 좋아하나?"

"몰라. 케이크 안 좋아하는 사람이 어딨어."

"나 안 좋아해. 밀가루 먹으면 생목 올라와서."

"자, 그럼 다음 안건. 그날 본인 의상 어떻게 할 거야. 다섯 벌 다 준비됐어?" 안거룩이 회의를 이어 나갔다. "내가 준 카드 반납해야지."

202호의 현관문을 닫고 나왔다. 떠들며 회의하던 소리가 등 뒤에서 뚝 끊겼다. 밖에 나오니 눈이 내리고 있었다. 바닥에 닿자마자 녹아내려서 쌓일 것 같지는 않았다. 아침에 집 밖에서 바닥 긁는 소리가 벅벅 들리면 눈이 많이 내린 날이다. 올겨울에 아직 쌓일 만큼 많은 눈이 내린 적은 없었다. 자기 집 앞의 눈은 자기가 치워야 한다는데 나는 한 번도 눈을 치워 본 기억이 없었다. 내 집이 아니기 때문이다. 반포에 산다는 집주인도 눈이 오면 빗자루를 들고 나갈까? 언젠가는 나도 등기라는 걸 쳐 보고 싶었다. 차를 타고 한참 나가야 다른 집이 있는 외딴곳이 좋을 것 같았다. 그때는 아무리 눈이 와도 절대 집 앞을 쓸지 않을 것이다.

큰길로 나가니 본체가 돌아오는 게 보였다. 한 손에는 붕어빵 봉지를, 다른 한 손에는 케이크 상자를 들고 있었다.

"눈 오네. 어디 가?" 본체가 물었다.

"응."

"어디 가?"

"다이소."

"뭐 사게."

"제트스트림."

"아, 제트스트림. 진짜 제트스트림만 한 게 없지. 나도 하나만 사다 줘. 0.7 검은색으로."

"케이크는 뭐야?"

"오히 오면 같이 불려고. 갔다 와."

본체는 나를 지나쳐 가다가 멈춰서 돌아봤다. 내가 그 자리에 서 있었기 때문이다.

"왜?" 본체가 말했다. "붕어빵 하나 줘?"

나는 대답하지 않고 등을 돌렸다. 다이소에 가서 제트스트림을 한 자루 샀고, 머그잔도 하나 샀고, 오히 씨에게 선물할 플래너를 하나 샀다. 플래너가 예쁜 게 하나도 없어서 살까 말까 하다가 결국 샀다. 양지사 플래너 앞면에 편지를 썼다. 오히 씨의 행복과 평안을 빌었다. 쓰다가 조금 울 것 같아서 쉬었다가 마저 썼다.

7

리처드 펭귄은 상계동의 우리들 중 나이가 제일 많았다. 은행 사거리의 어학원에서 원어민 강사로 일했다. 고향 덴버에서는 아마추어 마술사로 활동했다. 펭귄 씨는 미국에서 지내던 시절 시내의 웬디스 앞에서 화요일마다 마술 쇼를 열었다. 구경하는 사람이 있든 없든 10년 동안 그 일을 한 번도 거르지 않았다. 비가 오면 비를 맞고 했다. 어느 날 코트 안에서 비둘기를 꺼내는 마술을 하는 도중 실수로 자기 본체를 꺼내 버려 버렸다. 리처드 펭귄은 반 년 동안 집 밖으로 나오지 못했고 그러는 동안 한 번도 커튼을 걷지 않았다. 그러다 본체의 연락을 받았다. 그리고 그의 영혼이 곧 나왔다.

그는 본체의 지시에 따라 한국행 비행기에 올랐다. 짐이라고는 오래된 마술 도구 가방 하나가 전부였다. 할아버지에게 물려받은 그 가방을 리처드 펭귄은 특히 소중히 했다. 한국에 온 뒤 원어민 강사로 일하며 차곡차곡 돈을 모았다. 상계동의 숙소를 계약하고 월세를 내는 사람이 바로 리처드 펭귄씨였다.

리처드 펭귄 씨는 한국과 한국적인 것에 대한 상당한 호의를 갖고 있었다. 쉽게 좋은 일자리를 구할 수 있는 것을 좋아했고 우리들이 자신에게 존댓말 하는 것을 뿌듯해했다. 숙소 옥상에 올라가면 보이는 수락산과 불암산의 유려한 연속성을 즐겼다. 그중에서도 특히 좋아한 것은 1970년에 태어난 자신이 개띠라는 사실이었다. 리처드 펭귄 씨는 개털에 심각한 알러지가 있어서 평생 개 근처에도 다가가지 못했다. 일곱 살 크리스마스 이후로 리처드 펭귄의 소원은 줄곧 폴라라는 이름의 하얀 개를 키우는 것이었다. 이루어질 수 없는 꿈이었다.

그는 한국에 와서 자신이 곧 개라는 가능성을 발견한 것이 무척 기뻤다. 「세상에 나쁜 개는 없다」의 열렬한 애청자가됐다. 인터넷에 심심찮게 올라오는 유기견 학대 사건들을 보며 진심으로 화내고 가슴 아파했다. 그는 언젠가 본체가 자신의 개털 알러지를 낫게 해 줄 거라고 믿었다. 본체가 정확히 그렇게 해 주겠다고 말한 적은 없지만 아주 불가능한 일은 아닌 것처럼 대답했기 때문이다. 한 사람이자 동시에 여러 사람인 본인은 종이 장미를 진짜 장미로 바꿀 수 있는 사람이었다. 알려져 있는 사람을 알려져 없게 바꾸는 것 정도는 그야말로 피스 오브 케이크일 것이었다. 게다가 펭귄 씨는 타고난 아마추어 마술사였기 때문에 마술의 진전된 단계로서의 마법을 믿을 만큼의 수용력을 발휘할 수 있었다. 그가 프로 마술사였다면 상상도 할 수 없는 일이었다.

펭귄 씨는 이번 행사에서 무대 연출을 담당했다. 처음에 나온 아이디어는 본체를 상자에 넣고 절단 마술을 하자는 거였다. 본인의 모든 신체는 각기 분리되더라도 정당한 본체의 일부임을 증명할 수 있다는 이유에서였다. 안거룩이 강력하게 밀어붙였는데 본체가 반대해서 결국 무산됐다. 대신에 본체의 등장을 약간 극적으로 만드는 방향으로 연출 방식이 변경되었다. 폭죽과 연기를 동원해 무대 가운데에 짠 하고 나타나기로 한 거다. 본체와 펭귄 씨는 반복적인 연습을 통해 숙달에 이르기까지 옥상에서 많은 시간을 보냈다.

8

김지수 씨의 가게에는 뒷문이 없었다. 지수 씨는 사람들이 들어오는 곳과 같은 곳으로 나갔다. 자기 가게는 아니었다. 그러니까 김지수 씨가 일하던 가게라고 말하는 게 더 정확할 것 같다. 사장은 가끔 들러 위생 상태를 지적했다. 평소에는 CCTV를 통해 가게의 상황을 살폈다. 사장에게는 그곳 말고도 다섯 개의 가게가 더 있었다. 무엇을 파는 가게였는지는 정확히 알지 못한다. 김지수 씨에게 듣지 못했다.

지수 씨는 지하철로 출퇴근했다. 어느 날 계단에서 발을 헛디딘 순간 본체가 지수 씨를 빠져나갔다. 발목이 욱신거리는 게 단단히 삐어 버린 것 같았다. 절뚝거리며 개찰구에 갔는데 카드를 대기 전에 삐빅 소리가 났다. 이상한 일이고 생각하며 집에 돌아갔다. 다음 날 정형외과에 들러 반깁스를 하고 출근했다. 퇴근하고 마트에 갔는데 출입구에서 사이렌이 울렸다. 보안 요원이 와서 지수 씨의 가방을 뒤졌다. 계산하지 않은 물건은 없었다. 마트 측은 사과하며 만 원짜리 상품권을 건넸다. 주말에는 구립 도서관에 갔다. 입구에서 도난 방지 센서가 알람을 울렸다. 데스크에 앉아 있던 사서가 그냥 들어가라며 턱짓을 했다. 나가는 길에도 알람이 울렸다. 이번에도 가방을 열어야 했다. 대출하지 않은 책은 한 권도 없었다.

김지수 씨는 그때부터 너무 많은 오해를 샀다. 지수 씨가 지나가면 주차된 차가 경적을 울렸고 고장 났던 가로등이 켜졌다. 편의점의 바코드 리더가 말을 듣지 않았다. 가장 큰 문제는 와이파이였다. 지수 씨가 있는 곳에서는 와이파이가 터지지 않았다. 가게의 CCTV가 사장에게 화면을 전송하지 못했다. 몇 번이나 수리 기사를 불렀지만 원인을 알 수 없다고 했다. 사장은 지수 씨에게 다른 일을 찾아보라고 했다. 다른 일을 찾으려고 컴퓨터를 켜면 블루스크린이 떴다. 그러다 본체의 연락을 받았다. 그리고 그의 영혼이 곧 나왔다.

지수 씨는 블로그를 만들어 자신의 경험을 적기 시작했다. 글을 보고 많은 사람들이 댓글을 달았다. 그 사람들에게 지수 씨는 본체를 소개했다. 본체가 할 수 있는 일과 지금까지 해 온 일을 말했다. 역사의 중요한 변곡점마다 본체가 작용한 방식에 대해 설명했다. 앞으로 다가올 새로운 시대에 본체를 통해 개인들이 얻을 수 있는 이점을 알렸다. 모든 지체가 본체 될 때 누릴 지복을 보여 줬다. 지수 씨는 곧 파워 블로거가 됐고 다양한 상품의 체험단이 되어 후기를 적었다. 지수 씨는 본체의 밤 행사 공지를 블로그에 올리고 두 시간 만에 삭제했다. 그걸로 충분했다.

[속보] 박종일 씨 인천공항 통해 전격 입국,
"대통령 선거 출마하겠다"

9

박정현 씨는 서울의 한 대형 병원에서 주차 관리 요원으로 일했다. 파견 업체에 계약직으로 고용되어 세전 215만 원의 월급을 받았다. 세 개 조로 나뉘어 교대 근무 했으며 하루 한 끼 식사가 직원 식당에서 제공되었다. 한 달 만근 시 연차 한 개가 발생했고 명절 상여금이 별도로 지급되었다. 옥외 주차장과 장례식장, 본관과 별관에 각각 지하 주차장이 있었는데 근무 장소는 거의 고정이었다. 박정현 씨의 위치는 별관 지하 3층이었다. 근무를 마치고 나면 콧속에 까만 딱지가 가득했다. 귀를 후비면 면봉이 검어졌다. 자주 눈이 따끔거렸고 목이 아팠다.

박정현 씨가 처음 쓰러진 건 외래 환자가 몰리는 평일 어느 오후였다. 기둥 옆 코너에서 발생한 접촉 사고 때문에 앞뒤로 차가 꽉 막힌 상황이었다. 그날따라 무전이 시원치 않아 휴대폰으로 관제실에 연락을 했다. 밀려드는 차를 한 대씩 뒤로 물렸다. 손에 든 경광봉을 어깨까지 올리다가 박정현 씨는 쓰러졌다. 바닷물에 닿은 모래성이 쓰러지듯 아래쪽부터 천천히 힘을 잃었다. 내색도 기미도 없이 갑작스럽게 일어난 일이었다. 정현 씨는 휴게실로 옮겨지고 한 시간 뒤 정신을 차렸다. 쓰러질 때 바닥에 부딪힌 머리가 울리고 목덜미가 욱신거렸지만 다시 일어나 주차장에 나갔다. 참 이상한 일이라고만 생각했다.

다음 날 아침 정현 씨는 여전히 머리가 무겁고 속이 좋지 않았다. 곧 회사에 연락해 연차를 냈다. 엉켜 버린 근무표 때문에 동료들에게 전화해 일일이 양해를 구해야 했다. 본죽을 시켜 먹으려고 했지만 배달비가 4500원이라 직접 가서 포장해 왔다. 나가는 김에 동네 내과에 들렀는데 혹시 모르니 큰 병원에 가서 CT를 찍어 보라고 했다. 돌아오는 내내 어지러워서 집에 들어오자마자 쓰러져 잠에 들었다. 눈을 떴을 때는 새벽이었고 오전에 사 온 죽을 냉장고에 넣지 않았다는 걸 그때 알았다. 죽을 덜어 전자레인지에 몇 분 돌려 먹었는데 맛이 괜찮았다. 장조림이 조금 쉰 것 같아 입에 대지 않았다. 다시 자고 일어났을 때는 제법 몸이 가벼웠다.

박정현 씨가 다시 쓰러진 건 차가 거의 들고 나지 않는 주말 야간 당직 근무 때였다. 정현 씨는 너무 넓은 별관 지하 3층 주차장을 산보하며 아까 본 차가 또 있네, 어제 그 차가 오늘은 여기 있네, 다른 차네, 하며 시간을 보냈다. 코너를 도는 순간 정현 씨는 눈앞에 펼쳐진 끝없는 사막을 보게 된다. 낮도 밤도 아닌 하늘 아래 차선도 유도등도 없이 끝없이 펼쳐진 사막이었다. 정현 씨는 곧 왼쪽 팔이 평소와 달리 뻣뻣하고 무겁다는 걸 알아차렸다. 왜 그러지, 왜 그러지 하는데 가슴이 답답해져 오더니 오른쪽 팔과 두 다리도 굳어 버렸다. 뭔가 이상한데, 좋지 않다, 싶은 순간 젖은 산의 고목이 쓰러지듯 정현 씨는 옆으로 무너져 내렸다. 출구로 향하는 차 한 대가 후미등의 긴 꼬리를 남겼다. 정현 씨에게는 그 모습이 슬로모션처럼 보였다. 데이 근무 출근하던 간호사에게 발견된 뒤에야 정현 씨는 응급실로 옮겨졌다.

많은 검사를 받았지만 진단명이 나오지 않았다. 검사상 특이 소견은 없었다. 정현 씨의 동생 창현 씨는 아산의 자동차 부품 제조 공장에서 3차 하청으로 일했다. 형이 쓰러질 당시 계약 연장이 되지 않아 쉬고 있었다. 창현 씨가 서울에 올라와 정현 씨를 보살폈다. 보름이 지나고 퇴원할 때쯤 정현 씨는 다시 걷고 말도 할 수 있게 됐다. 하지만 때때로 정현 씨의 눈앞에는 예고 없이 사막이 펼쳐졌고 그럴 때면 어김없이 뻣뻣하게 굳어 쓰러졌다. 약간의 위로금과 함께 퇴사 처리된 정현 씨는 동생과 함께 집에 돌아왔다. 몇 년 전 동창을 통해 가입한 보험이 있었지만 보험금 지급을 거절당했다. 산재 보상을 신청했지만 불승인 처리됐다. 진단명이 없으니 병도 없는 것이라며 장해 등급도 나오지 않았다. 보험사에 민사 소장을 넣고 근로복지공단에 이의신청을 제출했다. 그러다 본체의 연락을 받았다. 그러나 아무것도 나아지지 않았다.

10

그람 씨의 편지는 현관문 틈에 끼워져 있었다. 문을 열자
딱지처럼 접은 편지가 툭 떨어졌다. 그람 씨가 직접 그려 넣
은 고양이의 얼굴에는 몸집만큼 긴 수염이 늘어져 있었다. 집
에 가지 못하는 날이 많아 그람 씨에게 고양이 밥을 챙겨 달
라고 부탁했는데 그때 와서 두고 간 모양이었다. 가방에 잔
뜩 구겨 넣어 온 빨랫감들을 세탁기에 때려 넣고 침대에 누
워 그람 씨의 편지를 읽었다. '슬사모'에 사람이 아무도 오지
않아 심심해서 쓰는 편지라고 했다. 그람 씨가 한 주간 생각
한 슬픈 일들이 차례로 적혀 있었다. 그중 하나는 어린 시절
참가했던 불조심 표어 대회에 대한 기억이었다. 무슨 말을 써
서 냈는지는 가물가물하지만 반 아이들이 써낸 표어를 모아

서 교실 뒤에 붙여 놓았다. 그날 그람 씨는 하굣길에 포스터컬러가 담겨 있는 준비물 주머니를 교실에 두고 온 게 생각이 나서 학교로 돌아갔다. 다음 날 가져오면 된다는 생각 같은 건 하지도 못했다. 혹시라도 교실에 도둑이 들어서 포스터컬러를 가져가면 어떡하나 싶어서 어린 마음에 종종걸음을 쳤어요. 열두 색짜리 포스터컬러였는데 전날 사서 한 번밖에 안 쓴 거였거든요. 표어에는 여러 가지 색을 쓰지 않으니까 뚜껑도 한 번 열지 않은 색깔도 많았던 거예요. 교실 문이 잠겨 있어서 창문을 타고 넘어갔는데 표어가 잔뜩 붙어 있는 벽과 눈이 마주친 거죠. 순간 몸이 얼어붙는 기분이었어요. 고래고래 고함을 치는 술 취한 아저씨를 좁은 골목에서 마주친 기분이랄까? 아찔한 기분이 들더니 손에 힘이 풀리면서 창틀에서 떨어져 버렸죠. 마침 순찰을 돌고 있던 수위 아저씨가 절 발견해 병원에 데려갔어요. 가방을 메고 있었던 덕분에 다친 곳은 없었어요. 엄마한테 조금 혼났고, 그게 전부였어요. 솔직히 크게 잘못했다고 할 만한 일이 아니잖아요. 깜빡하고 두고 온 물건을 찾기 위해 노력한 거뿐이니까. 창문에서 왜 떨어졌냐고 물어봐서 창틀을 쥐고 있던 손이 미끄러졌다고 했어요. 무슨 귀신 같은 걸 본 것도 아니고, 그냥 글자들이 너무 많아 깜짝 놀란 것뿐이잖아요. 복잡한 일이 아닌 거죠. 그냥 아무 일도 아니었어요. 문제는 그날 밤 학교에 정말로 도둑이 들었다는 거예요. 교실마다 돌며 컴퓨터 본체를 전부 가져갔어요. 트럭을 대 놓고 전부 실어 갔대요. 그런데 그 도둑이 내 책상 옆에 걸려 있던 주머니에서 포스터컬러를 들고 간 거예요. 주머니를 통째로 들고 간 것도 아니고 포스터컬러만 가져갔어요. 붓도 물통도 그대로 있고 포스터컬러만 딱 가져갔다는 게 이해가 돼요? 서랍 속에 닌텐도를 놓고 간 애도 있고, 담임 선생님 책상 속에 우유 급식비 걷어 놓은 봉투도 있었는데 그건 전부 그대로 있었어요. 내 포스터컬러만 가져간 거예요. 도둑이 다음 날 미술 시간에 국군의 날 포스터 표어 그리기라도 한 걸까요? 준비물을 미리 못 챙겨 놔서 내 걸 가져간 걸까요? 내가 포스터컬러를 도둑맞을지도 모른다는 생각을 했기 때문에 정말로 도둑이 내 포스터컬러를 가져간 거였을까요? 어쩌면 나는 포스터컬러를 잃어버리지 않을 수도 있었어요. 내가 불조심 표어를 보고도 놀라지 않았다면 무사히 창문을 넘어가서 가져올 수 있었던 거잖아요. 글자 같은 거 아무것도 아니잖아요.

11

목사 김광직은 건장한 청년 두 명에 의해 강대상에서 끌려 내려왔다. 김 목사가 발버둥 치며 고함을 지르자 청년들은 그를 번쩍 들어 올렸다. 발바닥이 땅에 닿지 않아 허공을 떠다니는 기분이었다. 김광직은 당황하고 절망했지만 그 속에서도 의미를 찾으려고 노력했다. 어쩌면 이것이…… 자신의 인생에서 가장 중요한 시험이자 고비일지도……. 그는 비품 창고에 내동댕이쳐졌다. 청년들은 김 목사의 양손과 양발을 청테이프로 결박한 뒤 창고를 떠났다. 혼자 남은 김광직은 새우처럼 등을 구부린 채 밖에서 들려오는 소리에 귀를 기울였다. 한껏 낮개져 전해 오는 목소리는 출석부를 부르듯 누군가의 이름을 차례로 호명하고 있었다.

창고에는 큰 천막의 부속과 솥단지가 플라스틱 의자와 함께 쌓여 있었다. 매월 마지막 주 교회 주차장에서 열리는 바자회에서 쓰는 물건들이었다. 짐작건대 모든 사달은 바자회에서 비롯된 게 분명했다. 바자회와 참기름, 의문의 습격까지. 모든 퍼즐이 맞아 들어갔다. 창고의 더 깊은 곳에서 부스럭 소리가 났다. 뒤돌아볼 수도 없게 결박된 김 목사의 뒷덜미가 찌릿하며 조여들었다.

그는 어려서부터 어둠이 익숙지 않았다. 작은 등을 켜지 않으면 잠들지 못했고 커다란 손에 쫓기는 꿈을 꾸곤 했다. 문틈으로 새어 들어오는 빛이 솥단지의 곡면에서 날카롭게 반사되었다. 김 목사는 그 빛이 자신을 노려보는 것만 같았다. 마음이 진정되지 않아 큰 소리로 찬양을 하기 시작했다.

주의 진리 위해 십자가 군기
하늘 높이 들고서
주의 군사 되어 용맹스럽게
찬송하며 나가세
나가세……
나가세……

김광직에게 목사가 되는 것 말고 다른 선택지는 존재하지 않았다. 외가 쪽에서는 할머니와 이모가 신을 받았고 조부는 파계승이었다. 김광직의 부친은 어려서부터 병약해 죽을 고비를 여러 번 넘겼다. 하나뿐인 아들이 목사가 되는 것 말고는 자기 목숨을 보전한 길이 없다고 굳게 믿었다. 가계에 흐르는 저주를 끊어야 했다. 김광직은 군종병으로 전역한 뒤 신학대를 졸업했다. 동 대학원에서 석사 학위를 받고 시카고의 맥코믹 신학교에서 목회학 박사 학위를 취득했다. 아들의 공부가 길어지는 동안 김 씨의 부친은 중랑천을 산보하다 심장마비로 급사했다.

귀국 후 김광직은 수도권 중견 교회 부목사로 오래 봉직하며 목회보다는 행정 쪽에 재능이 있다는 평가를 받았다. 정말로 행정에 재능이 있었다기보다는 상대적으로 목회가 약했다는 것이 정확한 평가다. 설교가 밋밋하고 퍼포먼스가 부족했던 탓에 동기들이 승진하고 대형 교회로 이직하는 동안 김광직은 묵묵히 잡무를 처리했다. 작년 겨울 교회 쪽에 인맥이 많은 이모의 소개로 지금 교회의 면접을 봤다. 안수받은 지 20년 만에 담임 목사가 됐다. 김광직 자신조차 실감이 안 날 만큼 갑작스러운 영전이었다.

대강당에서 일사불란한 박수 소리가 들려왔다. 격려나 축하를 위한 박수가 아니었다. 120비피엠으로 일정하게 울려 퍼지는 기악적 단체 행동에 가까웠다. 김 목사는 환호도 구호도 없이 이어지는 박수 소리와 심장박동이 동기화되는 기분이 들었다. 엎드린 채 고조되는 감정이 묘하게 황홀했다. 한편으로는 이 모든 것이 참기름과 무슨 관련이 있는 건지 이해할수 없었고, 어쩌면 참기름보다 더 큰 무언가가 있을지도 모른다는 생각이 들었다.

모든 것이 어긋난 건 참기름에서부터였다. 한 달에 한 번열리는 정기 바자회에는 만두와 떡, 참기름과 찐 옥수수 같은것들이 주로 팔렸다. 된장과 쌀, 지방에서 올라온 제철 과일과 황태 세트 같은 것도 주요 품목이었다. 오랫동안 목회자라기보다 총무에 가까웠던 김 목사는 바자회의 결산 장부를 훑어보다가 어색한 점을 한눈에 발견했다. 참기름이 너무 많이팔리고 있었다. 교회 바자회에서 유통할 수 있을 만한 물량의참기름이 아니었다. 바자회의 처음부터 끝까지 자리를 지킨김 목사였지만 그만큼의 참기름이 팔려 나가는 것을 보지도못했다. 바자회는 현금 거래를 원칙으로 했다. 그제야 깨달았다. 누군가 참기름으로 돈세탁을 하고 있었다.

그러고 보니 자신의 취업도 이해되는 부분이 있었다. 그들은 뛰어난 목사를 원한 게 아니었다. 쓸데없는 것에 의문을품지 않는 바지사장이 필요했던 거다. 하지만 그들이 간과한것이 있었다. 그들의 바지는 경리의 달인이었다.

김 목사는 다음 날부터 증거 수집을 시도했다. 지난 바자회의 결산 내역을 확보하려고 했지만 대부분은 보존 연한을 지키지 않고 폐기된 뒤였다. 바자회의 실질적인 운영을 주도하는 부녀회 회의록 역시 날림으로 작성되어 있었다. 회의에 참석하려다가 괜한 핀잔만 들었다. 부녀회장을 맡은 권사가 대놓고 적대감을 보이기도 했다. 부녀회 전부가 공모한 것인지, 핵심적인 배후가 따로 있는 것인지도 불분명했다. 캐비닛 밑바닥에서 산동발 컨테이너 송장을 발견한 게 유일한 성과였다.

박수 소리가 일순간에 끊겼다. 서서히 잦아드는 것이 아니라 한 번에 모든 소리가 사라졌다. 스피커에서 하울링이 인 뒤 누군가가 낮고 부드러운 목소리로 설교를 시작했다. 소리가 뭉개져 정확한 내용을 알 수는 없었다. 강당의 사람들이 숨죽여 귀 기울이는 모습이 눈에 보이는 듯했다. 원래는 김 목사 자신이 서 있어야 할 자리였다. 오늘 준비한 설교는 성 요한이 본 일곱 금 촛대의 환상에 대해서였다. 네가 본 것은 내 오른손의 일곱 별의 비밀과 또 일곱 금 촛대라 일곱 별은 일곱 교회의 사자요 일곱 촛대는 일곱 교회니라.* 촛대라고 번역되어 있지만 실은 등잔대였을 것이다. 본디 이스라엘 백성들은 올리브를 찧어 낸 순수한 기름으로 등잔을 밝혔다. 참기

---

* 「요한계시록」 1장 20절.

름 조직에 보내는 준엄한 경고의 메시지였다. 김 목사는 후회하고 있었다. 말씀보다 필요한 건 행동이었다. 조곤조곤하게 이어지던 설교의 톤이 조금 높아지는가 싶더니 외마디 기합과 함께 폭음이 들렸다. 스피커가 터지기라도 했나 싶었다. 조용하던 강당이 웅성거리기 시작했다. 매캐한 냄새가 비품 창고의 문틈으로 스며들었다. 웅성거림이 곧 비명으로 변했고 강당을 빠져나가는 사람들의 다급한 발소리가 이어졌다. 급기야 문틈으로 연기가 들어오기 시작했다. 김 목사는 외쳤다. 저기요! 여기 사람 있어요! 그의 목소리는 작열음에 묻혀 문을 빠져나가지 못했다. 체념하고 아까 멈춘 노래를 다시 부르기 시작했다.

원수들이 비록 강할지라도 주의 군기 붙

잡

고

주의 진리 위해 용기 다하여 분발하여 싸우세

나가세……

나…… 가세……

그때 비품 창고의 문이 활짝 열리며 화염이 쏟아져 들어왔다. 목사 김광직이 정신을 잃기 전 마지막으로 본 것은 불길

을 등지고 선 사람의 형상이었다. 김 목사는 후에 그 형상의
얼굴이 본체의 모습을 닮아 있었다고 증언하게 된다.

피 의 자 신 문 조 서

피 의 자 ███

위의 사람에 대한 사기, 유사수신, 현주건조물방화 및 범죄단체조직 피의사건에 관하여 2022.3.10. 14:59 서울노원경찰서 수사과 지능3팀 사무실에서 사법경찰리 순경 박용태는 경찰관 경위 강규진을 참여하게 하고, 아래와 같이 피의자임에 틀림없음을 확인하다.

문 : 피의자의 성명, 주민등록번호, 직업, 주거, 등록기준지 등을 말하십시오

답 : 성명은 ███
　　주민등록번호 ███
　　직업은 무직
　　주거는 ███
　　등록기준지는 ███
　　직장주소는 없음
　　연락처는 자택전화 생략 휴대전화 ███

직장전화 생략 전자우편(e-mail) 생략
입니다.

사법경찰관은 피의사건의 요지를 설명하고 사법경찰관의 신문에 대하여 형사소송법 제244조의3의 규정에 의하여 진술을 거부할 수 있는 권리 및 변호인의 참여 등 조력을 받을 권리가 있음을 피의자에게 알려 주고 이를 행사할 것인지 그 의사를 확인하다.

진술거부권 및 변호인 조력권 고지 등 확인

1. 귀하는 일체의 진술을 하지 아니하거나 개개의 질문에 대하여 진술을 하지 아니할 수 있습니다.

1. 귀하가 진술을 하지 아니하더라도 불이익을 받지 아니 합니다.

1. 귀하가 진술을 거부할 권리를 포기하고 행한 진술은 법정에서 유죄의 증거로 사용될 수 있습니다.

1. 귀하가 신문을 받을 때에는 변호인을 참여하게 하는 등 변호인의 조력을 받을 수 있습니다.

문 : 피의자는 위와 같은 권리들이 있음을 고지받았는가요

답 : 네

문 : 피의자는 진술거부권을 행사할 것인가요

답 : 아니오

문 : 피의자는 변호인의 조력을 받을 권리를 행사할 것인
가요

답 : 아니오

이에 사법경찰관은 피의사실에 관하여 다음과 같이 피
의자를 신문하다.

문   피의자는 영상 녹화를 희망하는가요

답   네.

이때 피의자에게 영상 녹화 시작 시간(15:03), 조사 장소(노원경찰서 수사과 지능팀 진술녹화실), 조사자 순경 박용태, 참여자 경위 강규진임을 고지하고 계속해서 질문하다.

문   피의자가 ███ 본인이 맞나요

답   네

이때 피의자가 제출한 신분증을 확인한 후 이를 복사하여 조서 말미에 편철하다.

문   주민등록증 대신 여권을 제출한 사유가 있나요

답   잃어버렸어요.

문   피의자는 현재 다른 경찰관서나 그 밖의 수사기관에서 수사 중인 사건이 있나요

답   아니요. 없어요. 경찰서 와 본 것 자체가 이번이 처음
이에요.

문   피의자는 형사 처분이나 기소유예 처분을 받은 사
실이 있나요

답   아니요. 없어요.

문   피의자는 훈장이나 기장 포장 또는 연금을 받은 사
실이 있나요

답 아니요.

문   피의자의 최종 학력은 어떻게 되나요

답

문   피의자의 그동안의 생활 경력에 대해 말해 보세요

답　　마스크 공장에서 아르바이트 가끔씩 하고 그거 말고도 가끔씩 소개받아서 알바 하러 다녀요.

문　　피의자의 가족관계는 어떻게 되나요

. 근데 이런 건 왜 물어보시는 거죠?

문　　개나 고양이를 키우고 있나요

답　　집 앞에 밥 챙겨 주는 고양이는 있어요.

문　　피의자의 종교는 무엇인가요

답　　무교예요.

문　　피의자의 재산 상태와 월수입을 말해 보세요

답   제 명의로 된 재산은 없고, 알바 여러 개 하면 많이 벌 때는 200만 원까지 들어와요.

문   피의자는 정당이나 기타 사회단체에 가입한 것이 있나요

답   아니요.

문   피의자의 현재 건강 상태는 어떤가요

답   조사받는 데 문제없어요.

문   정신병원이나 정신과에서 치료를 받은 사실이 있나요

답   아니요.

문   피의자는 어떠한 일로 경찰관서에 출석하여 조사를 받고 있는지 알고 있나요

답   ████서 본체의 밤 행사가 열렸고 사람들과 같이 그걸 준비했어요. 행사 중에 불이 난 것 때문에 여기 왔다

고 알고 있어요. 사기는 친 적 없고 유사수신은 뭔지도 모르 겠어요.

　문　　볼리비아 국적의 체본이란 자와 어떻게 아는 관계인 가요

　답　　평생 같이 있었어요. 집 나가기 전에 한 시간 정도 같이 살았고요.

(중략)

문　　소위 본체의 밤이라고 명명된 행사에서 '전 지체의 본체화'라는 구호가 등장한 배경에 대해 알고 있나요?

답　　그냥 듣기 좋으라고 만든 말 같아요.

문　　'우리들'이라고 명명된 조직이 수락산, 불암산, 북한산 등지에서 단합을 목적으로 회합을 갖고 '본체 선언'이라는 제목의 문건을 회람한 사실을 알고 있나요?

답　　그런 적 없어요.

문　　상술한 '우리들'이 21년 10월 14일, 동월 18일, 11월 2일, 동월 4일, 12월 9일, 22년 2월 22일, 동월 28일 등 총 7회에 걸쳐 수락산 불암산 등지를 산행하고 21년 10월 14일 산행의 뒤풀이 자리에서 볼리비아 국적의 체본을 수괴로 하는 범죄 조직을 결성한 사실에 대해 알고 있나요

답　　그런 적 없다니까요.

문　　귀하만 빼놓고 모였을 거란 생각은 안 해 봤나요

답   예?

문   학창 시절 교우 관계는 원만했나요

답   예???

(중략)

문   22년 3월 1일 ●●●●●●●●에서 발생한 화재와 관련 해당 교회 지하 창고에서 관부가세 신고가 되지 않은 중국산 참기름 1여 톤이 발견된 사실에 대해 알고 있나요

답   참기름이요?

문   해당 참기름을 유통 목적으로 밀수입한 것에 관여한 바가 있나요

답   참기름???

문   '우리들' 모집책이 연 금리 20퍼센트의 이자를 약속하고 총 1944명의 피해자로부터 금원 총 821만 2500원을 모금한 뒤 편취한 범죄에 어떤 역할을 담당했나요

답   그렇게 돈을 받았다는 걸 나중에 알았어요.

문   체본으로부터 범죄 수익금의 공여를 약속받은 바 있나요

답   아예 몰랐다니까요. 저는 피해자예요. 본체가 제 명의로 만든 통장들에 대해서도 하나도 몰랐어요.

문   범죄 수익금이 참기름 밀수 및 유통에 흘러 들어간 바 있나요

답   참기름이요????????

문   범행 사실 일체를 부인하는 취지로 진술하는 건가요

답   범행을 한 적이 없고요, 있더라도 저는 이용당한 거라고요.

문   인생에서 자신이 주인공이 아니라는 사실 때문에 속상한가요

답   주인공이길 바란 적 없어요.

문   사람들은 내게 와서 바보처럼 쓸데없는 비밀들을 털어놓죠. 궁금해하지 않은 것까지 모두 다 말이에요. 성실한 고백이 자신의 죄를 경감시킬 수 있다고 믿는 겁니다. 법이 정

한 죄에 대해서만 이야기하는 건 아니에요. 잘못된 믿음으로 고칠 수 있는 건 아무것도 없다는 걸 기억하세요

답   …….

문   2인조 금고 털이 범죄를 수사한 적이 있어요. CCTV에 찍힌 건 분명히 두 명이었는데 경찰서에 데려온 건 한 명뿐이었죠. 아무리 몰아붙여도 공범의 행방을 모른다고 하는 거예요. 한 명은 선반 기술자였고 다른 한 명은 전기공이었죠. 금고 털이로는 괜찮은 조합이라고 할 수 있겠네요. 둘은 어린 시절 같은 동네에서 나고 자란 오랜 친구라고 했어요. 일자리를 구하느라 고향을 떠난 뒤 20년 만에 범죄를 위해 뭉친 겁니다. 금고에 뭐가 있었는지는 결국 밝혀내지 못했어요. 우리한테 체포된 범인은 들어갔을 때부터 비어 있다고 말했고요. 금고를 연 친구가 먼저 들어가고 자신은 따라 들어갔다고 진술했죠. 하지만 거기에는 아무것도 없었다는 거죠. 먼저 들어간 친구조차도 말이에요. 모든 벽이 강철로 덮인 금고 속에서 사람이 사라졌다는 말을 믿을 수 있겠어요? 우리도 믿지 않았습니다. 범죄자의 말은 원체 믿지 않지만서도요. 우리가 잡아 온 건 선반 기술자 쪽이었어요. 경기도 외곽의 한 모텔에서 만취한 상태로 검거됐는데 오는 내내 헛소리를 했

죠. 사람을 완전히 사라지게 하는 일을 할 수 있는 건 신뿐이라고 주장했어요. 하지만 신이 정말로 그런 일을 할까요? 굳이?

(중략)

문 현재 심정이 어떤가요

답 어떨 거 같아요.

문 이번 사건으로 법적인 처벌을 받는다면 억울하거나 이의가 있나요

답 어떨 거 같은데요.

문 조사를 받으면서 불편하거나 진술을 강요받은 사실이 있나요

답 아니오라고 쓰라고 함.

문 참고로 더 할 말이 있나요

답 의견서로 제출하겠습니다.

문 피의자의 진술 내용 중 사실과 다른 부분이 있나요

답 아니오

문   위 내용이 진술대로 기재되어 있나요

답   네

영상녹화 종료시간(19:17)을 고지하고 조사를 종료하다.

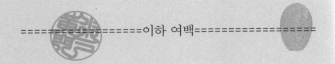
==================이하 여백==================

12

두 번째 조사를 받으러 갈 때에는 그람 씨에게 미리 연락
했다. 내가 조사받는 동안 그람 씨는 두 블록 떨어진 카페에
서 캐모마일 티를 마시며 기다리겠다고 했다. 살면서 경찰서
와 법원 근처에는 가지 말자는 주의라 더 이상 가까이 올 수
는 없다고 했다.

몇 시간 후 나는 정문에 서 있는 의경에게 수고하라는 말조
차 할 수 없을 만큼 녹초가 돼서 나왔다. 커피숍까지 택시를
타고 가야 하나 생각이 들 정도였다. 그람 씨를 그쪽으로 불러
낼까 고민하기도 했지만 경찰서 근처에 오기 싫어 하는 마음
을 존중해 주고 싶었다. 나는 축 늘어져 땅에 달라붙은 액체
괴물처럼 간신히 무거워진 몸을 이끌고 걸었다. 거리 곳곳에

선거에서 이긴 박종일의 당선사례 현수막이 걸려 있었다.

당선자의 첫 번째 행보는 인수위원장으로 경기도 과천에 거주하는 김인수 씨를 지명한 것이었다. 김인수 씨는 30년을 거주한 아파트의 분산 상가에서 빵집을 운영하는 평범한 자영업자였다. 박종일 씨와는 일면식도 없었고 정치에도 연이 없었다. 지명 사실이 보도된 후 처음 기자를 만난 자리에서 "사실 저는 이번 투표 날 안면도에"까지 말하다가 옆에 있던 구청 공무원에게 제지를 받았다. 그 탓에 그날 내내 인수위원장 내정자가 투표조차 하지 않았다는 추측성 기사가 보도됐다. 오후 늦게 인수위 측의 보도 자료가 나왔다. 김인수 씨는 명백하게 투표에 참여했으며 당선자의 국정 운영 철학에 100퍼센트 공감한다고 밝혔다. (근데 사실 투표 안 했다.)

그보다 관심을 모은 것은 역시 김인수 씨를 인수위원장으로 임명한 배경에 대해서였다. 아무래도 이름 때문인 것 같았다. **모든 것은 결국 이름에 관한 일이다.** 기재부 차관을 지낸 이억원 씨에게는 어쩐지 신뢰가 간다. 이백원 씨였거나 이천원 씨였다면 차관까지 할 수 없었을 것이다. YTN 부장원 기자가 승진해서 부장이 되는 것은 지극히 자연스러운 일처럼 보인다. 아쉬운 부분도 있다. 부장이 된 부장원 씨는 부부장으로 불릴 것이다. 부 씨들의 숙명이다. 그들은 반장이 돼도 늘 부반장이다.

그람 씨가 기다리겠다고 한 카페에 갔는데 손님이 아무도 없었다. 당이 너무 떨어진 것 같아서 솔티드 캐러멜 스콘을 하나 샀다. 한입 먹으니 파르르 떨리던 뺨 근육이 차분해지고 기운도 조금 나는 것 같았다. 가게에서 키우는 고양이가 키 큰 행운목 아래서 졸았다.

첫 번째 조사 때는 뭐가 뭔지 정신이 없어서 얼렁뚱땅 이말 저 말 하고 나왔는데 이번에는 확실히 표적이 된 느낌이었다. 경찰의 태도부터 달랐다. 어떤 답변에 대해서는 마음에 들지 않았는지 노골적으로 짜증을 내기도 했고 본체의 행방을 알지 않느냐며 윽박지르기도 했다. 청문감사실에 민원을 넣으려고 나를 조사한 경찰의 이름을 손바닥에 적어 두었는데 땀 때문에 지워져 버렸다. 이름을 기억해 내려고 머리를 쥐어뜯고 있으니 카페 직원이 경계하는 눈빛으로 나를 쳐다봤다. 고양이도 눈을 동그랗게 떴다. 나를 추궁하는 사람은 많은데 정작 나는 뭐 하나 제대로 물어볼 수 있는 게 없다는 생각이 들어 서글펐다.

오히려 내가 묻고 싶었다. 본체는 대체 어디로 간 거냐고 말이다. 당신들은 CCTV도 손바닥 눈금 보듯이 들여다볼 수 있고 카드 같은 걸 긁으면 사용 위치를 재깍재깍 알 수 있는 거 아니었냐고. 아, 카드는 내 명의로 돼 있지. 그것부터가 크게 잘못된 일이었다. 그래도 나는 뭐 잘못돼 봤자 돈이나 좀 떼이고 말 줄 알았지 이렇게 형사적으로 얽히게 될 거라고는 생각도 하지 못했다. 그래도 생각을 했어야지. 생각이란 걸 좀 하고 살았어야지.

그람 씨에게 어디냐고 카톡을 보내고 할 일이 없어서 유튜브에 들어갔다. 가장 위쪽 콘텐츠 섬네일에 오히의 얼굴이 떠 있었다. 오히는 화재 사건 이후 유튜브 채널을 개설해 잔류자들의 구심점이 되고 있었다. 일주일에 두 번 '본체 통신'이라는 제목의 영상을 업로드했다. 본체를 친견하며 듣고 접한 깨우침을 정리해 전달하거나, 이케아 조립하기, 달고나 커피 만들기 같은 콘텐츠도 올렸다. 본체의 잠적 이후 우리들은 몇 갈래 분파로 나뉘었다. 오히와 같은 잔류자가 있는가 하면 본체를 극렬하게 비판하는 사람도 있었고, 민형사상 법적인 조치를 적극적으로 취하는 쪽도 있었다. 그들이 주로 노리는 게 나였다. 본체는 없고 나는 있으니까 내가 동네북이었다. 내가 뭘 어쨌다고.

화면 속 오히는 무료 애플리케이션으로 퍼스널 컬러를 자가 진단하는 법에 대해 설명하고 있었다. 수능 점수가 나왔는데 가채점했던 것과 다르게 완전 망했다며 전화를 걸어온 게 마지막 통화였다. 씩씩대는 오히는 나에게 본체의 행방을 캐묻지도 않았고, 돈을 내놓으라고 하지도 않았다. '스스로 사라지시는 본인은 어째서 리처드 펭귄의 도움을 받으셨는가'에 대한 영상을 찍을 거라며 혹시 게스트로 나와 줄 수 없냐는 이야기를 하긴 했다. 단번에 거절했는데 나쁘게 받아들이지는 않은 것 같았다. 전화를 끊기 직전 오히는 다음에 같이 북한산 둘레길 트래킹 콘텐츠를 찍자고 했다. 마지막으로 산에 오른 게 언젠지 기억나지 않았다.

"손님. 드세요."

멍하니 창밖을 보고 있는데 고동색 앞치마를 둘러맨 직원이 김이 모락모락 나는 머그컵을 가져왔다.

"저 안 시켰는데요."

"그냥 드세요. 빵만 드시면 목 막혀요."

"저 커피 못 마셔요. 밤에 잠 못 자서."

"디카페인으로 다시 갖다 드릴까요?"

"아…… 괜찮습니다. 감사해요."

"괜찮아요?"

"뭐가요?"

"왜 울어요?"

뭔 소린가 싶었는데 그 말을 들으니 뺨이 축축해진 게 느껴졌다. 손등으로 대충 눈물을 훔치려는데 턱 끝에도 물이 고여 있었다. 뭐야 이거.

"저 안 울었는데."

"울잖아요."

"그니까요. 안 울었는데 울고 있네."

"병원 가 보셔야겠어요. 쟤도 뭐 먹으면 울어요."

직원이 가리킨 건 행운목 아래 웅크리고 있는 고양이였다.

"이름이 뭐예요?"

"정규리요."

"아니요, 고양이."

"그니까 정규리."

"여기 캐모마일 티 마시러 온 사람 없었어요? 저 들어오기 얼마 전에."

"글쎄. 손님이 점심 먹고 첫 손님이신데."

"점심 전에는요?"

"우리 가게는 점심 먹고 열어요. 누구 만나기로 한 거예요?"

"네. 여기 있겠다고 했는데."

"저분인가?"

창밖에서 누가 손 동굴을 만들어 카페 안을 들여다보고 있었다. 그람 씨는 아니고 안거룩이었다. 나를 보더니 과한 몸짓으로 손을 흔들고는 가게 안으로 들어왔다.

"여기 계셨구나." 안거룩의 목소리톤이 어색하게 높았다. "한참 찾았네."

"왜 여기 계세요. 저 어떻게 찾으셨어요."

"그러지 말고 우리 얘기 좀 해요."

"무슨 얘기요. 저는 할 얘기 없어요. 아는 건 경찰한테 다 말했고요."

"이런 상황에 경찰이 뭐가 중요해."

"손님. 뭐 드시겠어요?" 직원이 눈을 가늘게 뜨고 안거룩에게 물었다. 내게 살짝 눈짓을 보냈는데 괜찮냐고 묻는 것 같았다. 나는 괜찮다는 의미로 고개를 끄덕였다.

"팽이버섯 차 있어요?"

"그런 건 없는데. 더덕 차는 있어요."

"그럼 됐어요."

"1인 1주문입니다."

"아무거나 주세요."

"진짜 아무거나 드려도 돼요?"

"너무 아무거나는 말고요."

안거룩이 신경질적으로 대답했다. 직원도 카운터 너머에서 뭔가를 신경질적으로 만들기 시작했다. 정규리가 앉은 자리에서 벌떡 일어나더니 신경질적으로 몸을 털었다. 행운목 화분을 밟고 점프하더니 창틀에 올라갔다. 무슨 말을 해야 할지도 모르겠고, 아무 말도 하고 싶지 않았다. 볼에 바람을 넣었다 뺐다 하며 허공에 시선을 둔 채 앉아 있는데 직원이 쟁반에 차를 담아 내왔다. 신경질적이었던 반응과 달리 제법 정성 들여 준비한 차림이었다. 쌍화차와 약과가 담겨 있었다. 계란

노른자가 찻잔에서 빙글빙글 돌아가고 있었다. 벽에 붙은 메뉴판을 보니 가격이 2만 5천 원이었다.

"궁금한 게 있으면 오히 씨한테 가 봐요. 저는 아는 거 없어요."

"걔가 뭘 알겠어요." 안거룩이 냉소적인 말투로 대꾸했다. "걔가 원래 그래요. 없어도 있는 척. 안 해도 한 척. 몰라도 아는 척. 같이 지낸 게 오래 안 돼서 모르시나 본데."

안거룩은 접시에 담긴 약과를 반으로 쪼개 나에게 건넸다. 나는 고개를 흔들었다. 단거라면 스콘으로 충분했다. 두리번거리던 거룩 씨의 시선이 메뉴판에 닿았다. 일순 몹시 낙담한 표정이 됐다.

그사이 그람 씨가 보낸 답장이 와 있었다. 아까부터 기다리고 있는데 어디냐고 내게 되묻고 있었다. 지도를 검색해 보니 그람 씨가 있다는 곳은 길 건너편에 있는 가게였다.

"이거 봐요."

안거룩이 내 주의를 끌려는 듯 자기 전화기를 빙빙 돌리더니 얼굴에 들이밀었다. 화면에는 환하게 웃고 있는 박종일의 사진 아래 기사가 이어지고 있었다. 박 당선자가 김인수 인수위원장 임명 이후 첫 일정으로 '전 지점의 본점화'를 내걸었다는 내용이었다. 자신이 소유한 기업 밥베스트 인터내셔널이 선도적으로 전 가맹점에 대한 본점화 계약 갱신을 진행한다고 했다.

"익숙한 문구 아니에요?"

"우연이겠죠."

"우연이 아닌 거 알잖아요."

"제가 뭘 알고 뭘 모르는지 거룩 씨가 어떻게 알아요."

"동대문 가서 스폰지밥 인형 탈 사 온 게 저예요."

안거룩은 어디까지 알고 있는 걸까? 위원회에 대해서도 아는 걸까? 하지만 안거룩과는 무엇도 공유하고 싶은 생각이 들지 않았다. 오히 씨를 대하는 태도가 마음에 들지 않았기 때문이다.

"왜 그래요." 갑자기 안거룩이 허둥대며 냅킨을 내밀었다. "왜 울고 그래요. 제가 뭐 나쁜 말한 것도 없는데."

뺨을 타고 흘러내린 눈물 때문에 턱 끝이 간질거렸다. 건네받은 냅킨을 반으로 접어 얼굴을 훔쳤다. 어차피 이렇게 된 거, 눈물도 나오는 김에 그냥 울기로 했다. 생각해 보면 울지 않을 이유도 없었기 때문이다. 그렇게 마음을 먹으니 그동안 맺혀 있던 억울함이 둑 터지듯 쏟아져 나왔다. 단전에서부터 끌어올린 울음이 주체가 되지 않았다. 감정이 격해져 탁자에 엎드린 채로 엉엉 울었다. 가게 현관문에 달아 놓은 방울에서 딸랑 소리가 났다. 고개를 들었는데 황급한 뒷걸음질로 입장을 포기하는 사람의 형상이 보였다. 눈물에 가려 흐릿했지만 카페 직원이 괜찮다는 듯 내 쪽으로 손짓하는 건 알 수 있었다. 울고 나니까 후련하기도 하고 마음 한구석에서 이게 울만한 일이 맞구나 싶은 확신이 들었다. 화가 치밀어 올랐다. 나는 안거룩에게 따지듯 물었다.

"참기름은요?"

"참기름이 왜요?" 안거룩이 당황한 표정으로 몸을 살짝 뒤로 빼며 반문했다.

"참기름은 뭐냐구요."

"뭐긴 뭐예요. 깨를 짠 기름이겠지."

"교회 지하 창고에서 참기름이 왜 나왔냐고요."

"엥? 그건 또 뭔 소리래."

안거룩은 정말로 모르는 눈치였다. 나는 냅킨도 마다하고 옷소매로 코를 흥 풀었다.

"산에는 언제 갔어요?"

"산이야 자주 갔죠. 다들 등산 좋아하니까."

"나는 한 번도 안 갔는데?"

"엥? 그래요? 글쎄……. 바쁘셨나? 워낙 바쁘시잖아."

"바쁘건 말건 물어본 적도 없잖아요. 그리고 저 하나도 안 바빴거든요? 가서 뭐 한 건데요?"

안거룩의 표정이 티 나게 굳어 버렸다. 아무것도 대답하지 않겠다는 듯 눈을 피하고 앞에 놓인 쌍화차만 홀짝거렸다. 이제 더는 울지 않아도 될 것 같았다. 그럴 이유가 없었다. 내 맘대로 되지 않는 게 문제지만.

"앞으로 저 찾아오지 마세요."

"그럼 나는 어떻게 해요."

"당신이 알아서 해야지. 누가 협박해서 본체 따라다닌 거 아니잖아요."

"그건 그렇지만……."

안거룩의 눈이 벌게졌다. 너도 울어 버리겠다고? 안 될 일이지. 나는 자리를 박차고 일어섰다. 카페 직원에게 고갯짓으로 인사하고 가게를 나갔다. 뒤에서 정규리가 응원하듯 냐아아 하고 울었다. 계산은 뒤에 남은 사람이 알아서 하는 거다. 본체에게서 그것만큼은 확실히 배웠다.

조사받으러 들어갈 때는 날이 꽤나 맑았는데 카페에서 나오니 구름이 잔뜩 몰려 해를 가리고 있었다. 채도가 한껏 낮아진 거리를 걷다가 등산복을 입은 남녀를 보니 기분이 나빠졌다. 완전히 섞여 들고 싶은 생각은 없었지만 작정하고 따돌림당하는 건 기분이 역시 별로였다. 나는 내가 옆에 없을 때 나를 찾아 주고 내가 있을 때 나를 모른 척해 주는 사람이 좋았다. 그런 사람이 많으면 많을수록 든든한 기분이 들고 어디에 있든 혼자라는 생각이 들지 않았다. 그런데 최근 몇 년 동안은 늘 혼자라는 기분이었다. 최근 한 30년?

솔직히 등산이란 걸 내 의지로 준비해서 나선 적은 한 번도 없었고 등산을 왜 하는지 이해할 수도 없었다. 내가 산에 간 건 초등학교 때 현장학습으로 올라간 학교 근처 뒷산이나 차를 타고 지리산 꽤 높은 곳에 위치한 휴게소까지 올라갔던 일이 전부인 것 같은데. 차에서 내려 주차장에서 몇 걸음 걷기도 했으니 내가 상당히 높은 해발에 있었다는 사실만큼은 누구도 이의를 제기할 수 없는 일이지.

그건 사실 등산 축에도 못 낀다거나 애초에 '등산 축'과 '등산 축에도 못 끼는 것'들의 나열이 있을 때 그 어디에도 차를 타고 지리산 휴게소에 갔던 일의 자리는 존재하지 않는다며 나를 무슨 등산 한번 제대로 해 본 적 없는 행위무능력자로 몰아붙이는 상상 속의 비판자 A가 나는 너무 싫었다. 그런 상상 속의 비판자 A에서 Z까지를 너무 많이 만들어 그들과 평생에 걸친 외로운 싸움을 해 왔다. 우리가 등산이란 것을 위해 의무적으로 기대해야 하는 것들 또한 너무 싫었다. 자의로 계획된 고생은 갑자기 닥쳐오는 불의의 고생보다 견딜 만하다는 근거 없는 환상이라든가, 자연 속에서 겪는 신진대사의 특정한 위기 상태가 기대치 못한 정신적 깨달음과 혼돈되는 착각 같은 것들이 무가치하게 느껴진다. 그래도 만약에 본체가 우리들이랑 같이 산에 갈 생각이 있냐고 물었다면?

갔을 것이다. 혼자 있으면 심심하잖아.

비가 한 방울씩 떨어지고 있었다. 얼굴이 점점이 차가웠던 것도 아까처럼 울어서 차가운 게 아니라 정말 비가 오는 게 맞았다. 손차양을 만들어 이마를 가리고 걸음을 재촉했다.

그러니까 내게 산에 오른다는 건 손 우산을 만드는 것과 다를 게 없는 일이었다. 현실적으로 무용한데 괜히 도움이 되는 것 같아 습관적으로 하는 일 말이다. 그래도 손 우산을 만든다고 땀이 나지는 않지만 등산을 하면 땀이 난다. 나는 비에 젖어 축축한 걸 싫어하는 만큼이나 땀에 젖는 걸 좋아하지 않았다.

빗줄기가 점점 굵어지기 시작했다. 그람 씨가 기다리고 있다는 카페의 문을 열고 들어가자마자 그람 씨가 보였다. 캐모마일 티를 마시고 있겠다더니 캐모마일 티를 마신 것 같았다. 나를 보고 반갑게 손을 흔들어 주어서 기분이 좋아졌다. 그람 씨는 내가 옆에 없을 때 나를 찾는 사람이었고 옆에 있을 때에는 아는 척을 잘하는 편이었는데 그런 점이 생각보다 큰 힘이 됐다. 그람 씨에게 경찰서에서 조사받은 이야기를 하고, 안거룩이 갑자기 나타난 이야기를 하고, 오면서 생각했던 등산에 관한 것은 이야기하지 않았다.

"그래서 참기름은 뭐래요?"

"얘기 안 해 줘요."

"아 좀 해 줘요. 나 궁금해서 잠 못 자."

"그게 아니라 경찰이 얘기를 안 해 줘요."

"웃긴다. 지들은 이것저것 엄청나게 물어보면서."

"자기는 질문하는 사람이지 질문받는 사람이 아니라나."

"그럼 똑같이 말해 주지 그랬어요. 내가 질문받는 사람인 건 맞는데 대답하는 사람은 아니라고."

"오."

"괜찮죠?"

"진작 말해 주지." 진심이었다. 묻는 말에 너무 순순히 대답하고 온 것 같아 갑자기 자존심이 상했다. "뭐 하고 있었어요?"

"그냥."

"그냥 뭐."

"날씨 검색했어요. 갑자기 비가 오니까."

"비는 원래 갑자기 오기도 해요."

"근데 갑자기 너무 많이 오네."

통유리창에 부딪힌 빗줄기가 얇은 막처럼 퍼져 흘러내리고 있었다. 음악을 틀어 놓았는데도 우산 속에 있는 것처럼 시끄러웠다. 비가 오는 날은 산에 오르기 힘들 것이다.

"근데 왜 울어요?"

내가 또 울고 있구나. 셔츠가 축축해진 것도 모르고 있었다. 젖은 위치로 미루어 보았을 때 내가 평소에 턱을 몸쪽으로 당기고 있는 편이라는 걸 알게 됐다. 어디서 갑자기 주먹이 날아오더라도 데미지를 최소화 할 수 있을 자세다. 배는 맞을수록 단단해지지만 턱은 맞을수록 약해진다.

"냅킨 줄까요?"

"손수건 없어요?"

집에 오는 길에도 내내 눈물이 멈추지 않았다.

13

집에서 나오기 힘들었다. 계속 눈물이 나와 그냥 집에 있었다. 사람들이 이상하게 쳐다보는 것도 부담스러웠고 비가 너무 많이 내리는 탓에 외출하기 번거롭기도 했다.

"우산 쓰니까 얼굴 안 보이잖아요. 빗물인지 눈물인지 사람들이 모를 텐데."

그람 씨의 지적은 타당했지만 막상 시도 때도 없이 우는 입장에선 그렇게 간단한 일이 아니었다. 쓸데없이 눈 밝은 사람이 말없이 손수건을 건네거나 다 괜찮아질 거라며 어깨를 두드릴까 봐 무서웠다. 계속 울어서 그런지 눈 주위가 부르트고 가벼운 탈수 증세를 겪었다.

동사무소가 리모델링을 시작한 탓에 슬사모는 줌 미팅으

로 대체됐다. 동사무소는 공사 기간 동안 바로 옆의 상가 건물 한 층을 통으로 임대해 정상 업무를 이어 갔다. 모임을 화상으로 진행하다 보니 커피를 내려 가지도 못하고 과자를 나눠 먹지도 못하는 게 아쉬웠다. 눈물이 계속 나서 갈증이 심하다고 했더니 회원 중에 한 명이 고로쇠물을 마셔 보라고 했다. 마침 지금이 고로쇠 철이기도 하고 고로쇠는 연중 지금 아니면 마시지 못하는데 몇 리터를 넉넉히 사 두고 평소 물 마시는 양보다 훨씬 많이 의식적으로 음용하면 건강한 한 해를 보낼 수 있다고 했다. 그래서 네이버 쇼핑 최상단에 뜨는 고로쇠 물 여섯 통들이 한 박스를 주문했다. 지리산에서 채취했다는 고로쇠 수액이었다. 발송이 시작되었다는 메시지를 받고 한참이 지나도 오지를 않았다. 쿠팡에서 시키지 않은 게 내심 마음에 걸렸는데 로켓배송 상품 중에 고로쇠가 없어서 어쩔 수 없이 네이버에서 시킨 거였다. 밖에 잘 나가지 않다 보니 쿠팡에서 살 수 있는 건 거의 쿠팡에서 시켰고 쿠팡에서 팔지 않는 건 잘 사지 않았다.

그래서 집에만 있으면 뭘 하냐 하면 대체로 테레비를 보고, 실은 집에 티브이가 없지만 넷플릭스나 유튜브를 보는 게 그냥 테레비를 보는 것과 같은 기분이었다. 물론 웨이브도 보고 쿠팡와우 회원이니 쿠팡플레이도 보고 그람 씨가 디즈니플러스 계정 공유해 줘서 그것도 봤다. 공영방송 KBS 1TV에「집밥 박통령」이 정규 편성돼서 그것도 봤는데 티브이가 없으니까 웨이브나 유튜브로 봤다. 근데 유튜브로 보면 너무 유튜브를 보는 것 같고 웨이브로 봐야 컴퓨터로 보는 것임에도 불구하고 테레비 보는 기분이 들어서 대체로 웨이브로 봤다. 연일 이어지는 비 소식에 '비 오는 날 먹기 좋은 새우부침개와 김치전' 편이 방영됐는데 전부 「박종일의 식당탐방」과 「박종일의 일급요리」에서 소개한 적 있는 메뉴였다. 빗소리와 부침개 부칠 때의 기름 튀는 소리가 비슷하므로 비 오는 날 전을 부쳐 먹는다는 이야기는 각기 다른 7천 명의 사람으로부터 5만 번 이상 들은 것 같지만 들을 때마다 거부감 없이 받아들일 수 있는 보편적인 설명이었다.

걱정이 있다면 고양이였다. 비가 너무 오니까 사료가 젖어서 불어 터지거나 상하거나 비가 와서 너무 춥거나 우울하거나 짜증 나거나 기분이 다운되거나 할까 봐 신경 쓰였다. 1층 필로티 주차장에 밥을 놓아두니 이곳에서 식사하는 고양이들은 괜찮지만 다른 곳의 고양이 밥 자리가 전부 비를 피하지는 못할 것이었다. 비가 오는 기간만이라도 집에 들여서 쾌적하게 지내게 해 주고 싶은 생각도 들었지만 고양이가 원하는지도 알 수 없었고 괜히 사람 손을 타게 하는 게 좋을 것 같지도 않았다. 가끔 오희의 채널에 들어가서 새로 올라온 영상을 스킵하며 봤다.

집에 오래 머무는 사람은 집과 자신의 악몽 중 하나를 선택해야 하는 상황에 놓이곤 한다. 나는 자꾸 집의 악몽을 대신 꾸었고 콘크리트 타설하던 시기의 무르지도 단단하지도 않은 이상한 유동성 기분에 거듭 휩싸였다. 그래도 나의 악몽이었다면 바퀴벌레가 나왔을 테니 집의 악몽 쪽이 훨씬 나았다.

모아 둔 돈이 바닥을 드러내는 상황이라 어느 회사에든 범용적으로 낼 수 있는 이력서를 작성해 보았다. 정말로 아무 회사나 상관없었다. 뭘 만들어도 좋고 팔아도 좋고 부숴도 좋고 가만히 있어도 괜찮았다. 눈물이 멈추기만 하면 당장에 밖으로 나가 뭐라도 할 수 있을 것 같았고 그것은 인생 최악의 시기에만 느낄 수 있는 반대급부적인 희망의 한 형태였다. 「웨스트 윙」 1회, 「하우스 오브 카드」 2회, 「VEEP」 5회 시청을 통해 얻은 정치에 대한 감각과 안목으로 사내 정치와 관련된 어떠한 돌발 상황에도 유능하게 대처할 자신이 있었다. 때때로 누군가와 대화하고 싶을 때는 당근마켓에 들어가 사지도 않을 물건에 대해 이것저것 물어보았다. 그러다 보니 당근 온도가 많이 내려가서 말을 걸어도 대답조차 하지 않는 판매자가 많았다.

하루는 단돈 2천 원에 당근 전화로 노래해 주겠다는 사람이 있어서 채팅을 걸었다. 가톨릭 성가 「아무것도 너를」을 불러 주겠다고 했는데 어떤 노래일지 궁금했지만 직접 듣고 싶어서 미리 찾아보지 않았다. 성가대원으로 활동하고 있다는 판매자는 다음 주 미사에 특송으로 「아무것도 너를」의 솔로를 맡게 됐다고 했다. 종교가 있냐고 물어 와서 없기 때문에 없다고 했고 판매자는 자기가 찾던 사람이 바로 그런 사람이라며 종교와 무관하게 철저히 음악적인 관점에서만 평가해 달라고 부탁했다.

저녁 먹고 부모님이 산책 나가 있는 동안 전화를 걸겠다고 해서 나도 그 집 사람들과 같은 시간에 맞춰서 저녁을 먹었다. 쿠팡프레시로 주문한 닭가슴살을 전자레인지에 데웠고 역시나 쿠팡프레시로 받은 방울토마토 여덟 개를 씻어서 같이 먹었다. 밥을 먹고 얼른 고양이 밥을 챙겼는데 사료가 거의 떨어져 쿠팡에서 바로 시켰다. 휴대폰 시계로 8시 4분에 전화가 왔다. 판매자가 노래를 부르기 시작했고 나는 아까부터 계속 나도 모르게 울고 있었는데 그 노래를 들으니 정말로 울컥해서 엉엉 울기 시작했다. 노래가 끝나고 판매자가 어땠냐고 물어봤을 때에도 계속 우느라 대답을 할 수가 없었다. 우는 소리를 들려주고 싶지 않아서 베개에 얼굴을 묻고 끅끅댔는데 판매자한테 그게 들렸는지 계속 괜찮냐고 물어봤다. 이러다 정말 큰일 날 것 같아서 전화를 끊고 판매자의 아이디를 차단했다.

종일 내리던 빗줄기가 때마침 거세져 창문을 때리며 팝콘 튀기는 소리를 냈다. 바로 옆에 벼락이 떨어졌는지 번쩍하고 번개가 친 뒤 1초 만에 천둥이 콰광했다. 전등이 깜빡거리고 집이 흔들렸다.

계속 울다 보니 눈물과 콧물이 섞여 목을 타고 넘어갔는데 그 비릿한 감촉이 잊고 있던 기억과 맞물려 비슷한 맛을 느꼈던 예전의 상황을 떠올리게 했다. 정확한 시기나 장소는 기억나지 않았다. 뭔가 짓다 만 건물인 듯 시멘트 벽이 그대로 드러나 있었고 엉덩이가 차가웠던 느낌이 생생한 걸 보면 바닥도 제대로 마감이 안 되어 있었던 것 같았다. 기억이 흐릿한 걸 보니 최근의 일은 아닌 것 같고 아주 오래전의 일이거나 기억하고 싶지 않아서 내 의식이 억지로 숨겨 왔던 기억이거나 둘 다일 수도 있겠다는 생각이 들었다. 분명한 건 이 울음 섞인 기억이 부모님과 관련 있다는 것이었다. 설명할 수는 없지만 내가 엉엉 우는 걸 뒤에서 부모님이 보고 있었거나 보고 있다가 방금 그 자리를 떠난 것이 분명하다는 확신이 들었다. 그래서 나는 이제 그만 울자, 그만 울고 한번 생각해 보자 하는 마음으로 침대 위에 자세를 고쳐 앉고 천천히 심호흡을 했다. 나는 왜 부모가 없는지에 관해서 탐구해 볼 수 있는 좋은 기회였다.

물론 나는 부모가 있고 종종 안부를 묻는 전화를 나누기도 하며 가끔 필요한 일이 있으면 본가라는 곳을 방문하기도 하지만 아무래도 그들이 내 부모가 아닌 것 같다는 생각을 오래 해 왔다. 그들은 사정상 후견인과 비슷한 임무를 부여받고 내 부모 역으로 낙점받은 기관 사람이거나 나와 비슷한 처지의 여러 사람들에게 부모 서비스를 제공하는 전문 계약업자일 수 있었다. 그래서 나의 실제 부모는

1. 국제 어린이 연합의 막후로 현재 헬싱키에 거주하고 있으며 엄마의 경우 녹색 어머니회 활동을 경력 삼아 녹색동맹에 가입한 뒤 국회의원에 출마 후 당선, 원내 정책위 부의장 같은 직함을 갖고 있을 것이다. 어린이들을 무시하는 건 아니지만 국어련이 당시에 그토록 탄탄한 조직을 유지하고 과감한 실행력을 발휘했던 것을 보면 모사에 능한 어른이 배후에 존재할 가능성을 배제할 수 없었다. 이상하게 자꾸 국어련에 대해 찾아보는 나의 무의식적 습관에 대한 설명도 되고. 아니면 나의 부모는 아직 어린이다.

2. 돈가스를 배우기 위해 오래전 일본으로 넘어갔으며 비자가 만료된 뒤에도 그곳 오사카에 남아 깐깐하기 이를 데 없는 원칙주의자 돈가스 장인 수하에서 언젠가는 돈가스 튀기는 비법을 전수받을 수 있을 거라고 기대하며 여전히 참깨를

갈고 있다거나, 그렇지 않고 그동안 어깨너머로 익힌 돈가스 실력을 발휘하기 위해 한국으로 돌아와 상계동에 돈가스 집을 차렸지만 이래저래 하다가 남편, 그러니까 내 아버지가 죽고 그래서 가게 앞에 '喪中' 표시를 붙였고 가게를 비우는 동안 화분을 돌보지 못해 죄다 말라 죽여 버린 것? 본체는 내 부모이자 자신의 부모를 일본에 있는 동안 만난 바 있고 내게도 소개해 주려 했지만 마침 그러한 '喪中'의 사정이 발생해 그러지 못했다는 사연?

3. 집에 가면 있는 부모가 내 부모 맞음.

나는 그러다 잠들었고 자면서 건조가 거의 완료된 콘크리트 구조물의 곳곳이 뻐근해지는 감각을 느끼며 잠을 설쳤다. 계속 우는 것이 힘에 부치기도 하고 전날에는 정말 거하게 울어 버려서 이제는 방법을 찾아야겠다고 생각했다.

오히에게 카톡을 보냈는데 두 시간이 지나도록 1이 없어지지 않았고 그람 씨에게 보냈더니 2분 만에 '왜 병원에 가지 않아?'라고 답장이 왔다. '주말이잖아.'라고 답장했더니 '어제 가지 그랬어.'라고 또 답장이 왔고 내가 언제부터 그람 씨와 말을 놓기 시작했나 잠시 헷갈렸다가 실은 말을 놓은 적이 없으며 지금부터 말을 놓으면 되겠구나 하고 혼자 생각했다. (하지만 막상 만나면 또 존댓말을 할 게 뻔했다.) 왜 병원에 안 갔나 하면, 울음이 좀 그치면 나가자는 생각도 있었고 계속 비가 왔기 때문에 비 오는 날은 아무래도 외출을 자제하게 되는 일반적인 경향 때문에 하루 이틀 미루다 계속 집에 머물게 되었던 것도 있고…… 이렇게 혼자 정리하다 보니 정리가 돼서 그람 씨에게 더 카톡을 하지는 않았다. 그래. 주말 지나면 병원에 한번 가 보자.

비가 계속 오니 낮인데도 어두웠고 주말 낮이 어두우니까 특별히 계획해 둔 일은 없었지만 뭔가 계획이 틀어진 것처럼 우울했다. 우울감은 우는 것과 관계없었다. 계속 울다 보니 어느 정도 우는 것에도 적응해서 많이 움직이면 땀이 나는 것처럼, 근데 이제 나는 조금만 움직여도 땀 나는 사람처럼, 땀과 눈물은 다르지만 기뻐서 땀 나고 슬퍼서 우는 것만은 아니라는 경지에 이른 거지. 그래서 매일이 주말인 사람에게 주말과 평일은 무엇이 다른가? 완전히 다르다. 택배가 오지 않는다는 점에서. 물론 우체국 택배 말고는 토요일에도 오지만 금요일 저녁에 주문하면 물건이 화요일에 온다는 점에서 매일이 주말인 사람에게도 주말은 큰 공백이 맞다. 맞았었다. 쿠팡이 로켓 배송을 시작하기 전까지는. 그러니까 나는 고양이 사료를 하루 종일 기다리고 있었다. 집에 있는 사료가 아직 완전히 떨어지진 않았지만 준비를 든든히 해 두는 편이 낫고, 어쨌든 택배가 온다는 자체가 기분 좋으니까. 택배 기사의 발소리를 나는 귀가 큰 개처럼 구분할 수 있었다. 급한 발소리 뒤에 이어지는 물류 상자의 거친 착지음까지 더해지면 완벽했다. 그런데 쿠팡 친구는 신기하게도 발소리를 거의 내지 않았고 잠깐 정신을 팔고 있으면 어느새 주문 도착을 알리는 문자가 우리집 현관문 사진과 함께 메시지 함에 들어와 있었다.

그날만큼은 왠지 쿠팡 친구를 놓치고 싶지 않아 한 시간마다 현관문을 빠끔 열어 보았다. 쿠팡 친구는 쿠팡의 친구이거나 구매자의 친구이거나, 적어도 누군가의 친구이긴 할 테니까 만나면 반갑게 인사할 생각이었다.

[Web 발신]
[쿠팡] 로켓배송 1박스 오늘 15:00~17:00 도착 예정입니다.

3시부터는 10분마다 한 번씩 문을 열었다. 절대로 놓치고 싶지 않았다. 그러다가 포대 자루 털썩 내려놓는 소리가 들려 후다닥 문을 열었는데 역시나 쿠팡이었다. 처음 만나는 쿠팡 친구에게 인사하려고 손을 들었는데 고양이였다. 어제도 본 그 고양이, 우리 집 주차장에 와서 밥을 먹는 턱시도 친구였다.
"고양이?"
"무무?"

"네가 쿠팡 친구야?"

"무무. 무무무."

나는 우리 집에 로켓배송을 해 주는 쿠팡 친구가 고양이라는 것에 놀랐고, 고양이는 자기 나름의 이유로 내가 문을 열어젖힌 것에 놀란 모양이었다. 우리는 정말 너나없이 잔뜩 당황해 버렸다. 비에 젖은 고양이는 연신 앞발로 얼굴을 훔쳤고, 나도 주먹으로 눈물 젖은 뺨을 닦아 냈다. 물어보고 싶은 게 너무 많았는데 고양이가 자꾸 목에 건 스마트워치를 들여다봤다. 이제까지 본 적 없는 작은 사이즈의 제품이었다. 고양이 맞춤으로 특별 제작됐거나 고양이에게 맞는 제품을 찾아서 구매한 모양이었다.

"지금 바쁘지?"

"무무."

"언제부터 일한 거야."

"무무 무무. 무무 무무무 무. 무무 무무무 무무 무무 무무 무무 무 무. 무무무 무무 무무 무무. 무무 무무 무. 무무 무무 무 무무 무 무무 무무."

"물류 센터보다 쿠팡 친구가 나아?"

"무–무."

"정말이야?"

"무무……. 무무무 무무 무무 무무무무 무. 무무."

"아."

"무."

택배 상하차는 나도 몇 번 해 본 적 있었는데 다녀올 때마다 꼭 며칠씩 앓아서 다시는 가지 않았다. 쿠팡 물류 센터는 워낙에 통제도 심하고 육체적으로 힘든 것만큼이나 스트레스가 장난 아니라는 후기를 인터넷에서 읽기도 했다. 그런데 막상 아는 고양이에게 그 살인적인 업무 강도에 대한 경험담을 들으니 처참한 기분이었다. 내가 고양이를 처음 만났을 시기부터 고양이는 이미 쿠팡에서 일하고 있었다. 한동안 찾아오지 않을 때가 있었는데 그때는 운전면허를 따러 갔던 거고, 1종 보통 면허를 딴 뒤부터 쿠팡 친구를 시작한 거였다.

"무무 무무무. 무무 무무무."

"맞아. 김범석이 의장직이랑 등기이사 사임했잖아. 중대재해처벌법 시행되기 직전에."

"무무."

"그때 물류 센터에 있었어?"

"무무. 무무무. 무무무 무무."

고양이는 그날 이천 물류 센터로 가던 길에 하늘을 빨갛게 물들인 불길을 보고 차를 멈췄다. 압도적인 빨강이었다. 창문을 열지 않았는데도 매캐한 냄새가 차 안으로 들어왔고 어지러워 그대로 정신을 잃을 것 같았다. 손톱으로 허벅지를 찔러

가며 간신히 정신을 차린 고양이는 차를 돌려 빨강에서 최대한 먼 쪽으로 달렸다. 며칠 동안 잠을 제대로 잘 수 없었는데 출근은 계속해야 했다.

"무무."

"아니야. 나는 그냥 밥만 내놓은 건데."

"무무. 무무무. 무-무. 무무."

"정말?"

"무무. 무무. 무무 무."

고양이는 등에 메고 있던 작은 가방에서 손수건을 꺼내 내 눈가를 닦아 줬다. 얼굴에 털이 옮겨 붙었는지 뺨이 간질거렸다. 울지 말라는 다정한 말에 뭐라고 대답하기가 힘들었다. 큰 눈을 깜빡인 뒤 현관을 떠나는 고양이의 뒷모습을 멍하니 보다가 정신을 차렸다. 빗줄기 사이로 쿠팡카의 후미등이 멀어지고 있었다. 고맙다는 말도 미처 하지 못한 게 너무 미안했다.

14

망한 할리우드 영화의 무성의한 오프닝 전개법에 대해 생각해 본 적이 있다. 일단 암전. 영화라는 건 아무래도 암전부터 시작되니까. 배급사. 제작사 타이틀. 조금 빠른 비트의 배경음악이 필요하다. 다짜고짜 한바탕 난리 법석이 나야 한다. 화면 전환은 어지러울 정도로 빨라야 한다. 전쟁 영화라면 총을 엄청 쏠 것이고, 형사물도 곧 총을 쏜다. 가족 영화라면 총이 필요하다. 늦은 밤 퇴근한 가장이 차고 정리 중에 찬장에 넣어 둔 총을 실수로 발사한다. 장르적 문법을 충실히 따르는 로맨스물의 경우 조금 세심한 연출이 필요하다. 문이 닫히는 엘리베이터를 향해 달려오는 남자. 아슬아슬하게 탑승에 성공하기 전 먼저 타고 있던 여자와 눈이 마주친다. 어쩐지 설레는 기분으로 돌아선 남자. 여자가 그의 뒤통수에 총을 쏜다.

다음 신은 밝은 분위기로 전환. 주인공은 무조건 침대에서 아침을 맞이한다. 납작한 도시락 모양의 전자시계가 미국적인 알람 소리를 내도 좋다. 침대 위로 뛰어오른 개가 얼굴을 핥으면 결말은 보나 마나 해피엔딩이다. 주인공이 기상하며 짜증을 내면 영화 내내 안 좋은 일이 계속된다. 누가 밖에서 아침을 차리고 있으면 그 사람이랑은 별수 없이 헤어진다.

고양이와 현관 앞에서 어색하게 조우한 다음 날 누군가 현관문을 두드리는 소리로 아침을 맞이했다. 그날의 영화에서는 내가 주인공이었던 게 분명하다. 시작하는 분위기로 봐서 가족물이나 로맨스는 아니었다. 수사를 좀 받긴 했지만 수사물은 아니기를 바랐다. 벨이 있는데 왜 굳이 문을 두드리는지. 누구냐고 물었지만 대답이 돌아오지 않았다. 안전 고리를 걸고 문을 살짝 열었다. 코믹 영화라면 밖에서 문에 귀를 대고 있던 사람이 발라당 넘어져야 할 텐데.

문틈으로 얼굴을 들이민 건 위원회 사람이었다. 저번처럼 노란 민방위 점퍼를 입고 있었다. 비에 잔뜩 젖은 몰골이라 들어오라는 말을 하지 않기도 뭐했다.

"혼자 오셨네요?"

"계장님은 소매물도 지부로 전출 갔어요. 이번 선거에 줄을 잘못 섰거든요."

"그럼 당신은……."

"김 주임님이라고 하시면 돼요."

"김 주임은 줄을 잘 섰나 봐요?"

"저는 아직 7급이라 그런 큰 줄은 안 서요. 못 서는 건 아닌데 일단은 좀 보류하고 있거든요. 선거 내내 자기 부서에는 출근 안 하고 캠프에 들어앉은 동기도 있어요. 그 친구는 다행히 베팅에 성공했죠. 지금 인수위 가서 김인수 인수위원장 비서실장 하고 있어요. 잘못되면 개마고원으로 갈 뻔했죠. 제가 생각하는 건 무인도예요. 부루마블에서 일부러 무인도에 들어가는 전략 있잖아요. 제대로 할 거 아니면 아예 아무것도 안 하는 게 이득일 때가 있는 거죠."

"수건 드릴까요?"

"괜찮습니다. 이거 방수 잘 돼요."

아직도 머리에서 물이 뚝뚝 떨어지는 사람이 할 소리는 아닌 것 같았다. 나는 축축해진 눈을 주먹으로 비볐다. 방금 잠에서 깬 하품 때문에 눈물이 난 사람의 연기를 한 거다. 방금 일어난 건 맞지만 눈물이 나는 건 물론 하품 때문이 아니었다. 자는 중에도 눈물이 나서 이불 두 개를 번갈아 말리며 지내고 있었다.

"계속 울고 계시잖아요?"

"네? 아, 뭐 그런 건 아니고."

"그리고 지금 계속 비가 오고 있잖아요?"

"아, 그건 그렇죠."

"그래서 이렇게 찾아왔습니다."

"예?"

"이제 그만 울어 주셔야겠어요. 상황이 좋지 않아요."

"어떤 상황을 말씀하시는 거예요?"

"뉴스도 안 보세요? 곳곳이 침수 위기잖아요. 새 정권이 시작하기도 전에 이래서야 되겠어요?"

"그게 저랑 무슨 상관인데요. 정권 말고 비 오는 거요. 정권은 확실히 나랑 상관없는 거 같고."

"오해하지 말고 들으세요."

대단히 큰 오해가 생기고야 말 것 같은 도입이었다. 오해살 만한 일이 없는 사람은 저 말을 하지 않는다. 비슷한 경우로 '네 생각해서 하는 말이야.' 같은 것이 있다. 김 주임은 어깨에 메고 있던 크로스백에서 두툼한 종이 뭉치를 꺼내며 말했다.

"대외비예요."

제목도 표지도 없이 다짜고짜 본문부터 시작하는 문건이었다. 개조식으로 작성된 문장들은 주로 나에 대한 내용을 담고 있었다. MBTI 검사 결과와 올해의 토정비결 운세는 물론이고 혈액형(RH+ BO)과 별자리(전갈자리)의 상성에 따른 성격 분석까지 담겨 있었다. 출생 시점부터 지금까지의 의무 기록 전부를 모아 놓았고 초, 중, 고등학교 생활기록부 사본도 있었다. 대학교 신입생 때 잠깐 들어간 동아리 입부 원서까지 있는 것에는 조금 놀랐다. 문서 후반부에는 최근 5년의 강수량 데이터를 묶어 놓았는데 곳곳에 형광펜 표시가 돼 있었다. 김 주임은 색칠된 부분을 손으로 짚어 가며 이날들이 전부 내가 운 날들인데 예외 없이 큰비가 내렸다고 설명해 주었다.

"저 이렇게 자주 울지 않았는데요?" 나는 습관적으로 눈물을 훔치며 물었다.

"땀을 많이 흘린 날과 섞여 있을 수도 있어요." 김 주임은 문건 위에 떨어진 내 눈물방울을 손수건으로 닦아 내며 말했다.

후진 영화는 플래시백을 후지게 쓴다. 제대로 된 플래시백은 이럴 때 쓰는 거다. 하지만 나는 내가 언제 울었고 언제 비가 왔는지를 기억할 만큼 기억력이 좋지는 못했다. 10년 기록용 일기장을 쓰고 있기는 했다. 페이지마다 날짜와 10년 치의 연도가 적혀 있었다. 2019년부터 쓰기 시작했는데 깜빡하는 날이 많아 빈칸이 더 많았고, 우는 날은 주로 집에서 울었기 때문에 바깥 날씨를 적어 놓지도 않았다. 부끄럽지만 일기장을 속이기도 했다. 다른 누구에게 보여 줄 것도 아닌데 이야기를 각색하거나 미화했다. 이렇게 될 줄 알았다면 더 솔직하고 꼼꼼하게 쓸걸.

출처를 알 수 없는 보고서 말미에는 이렇게 결론이 정리돼 있었다. 내가 우는 것과 전국 강수량 사이에 상당한 연관성이 있으며 장기화되고 있는 폭우에 대처하기 위해 나와의 원만한 합의가 필요하다는 거였다.

"근데 제가 지금 울고 싶어서 우는 게 아니거든요."

"그렇지 않아요. 다른 무엇보다 지금 하고 싶은 일이 우는 거라서 울고 계신 거예요."

"아닌데."

"맞는데."

"어떻게 알아요?"

"1995년 5월 17일에 어디서 뭐 하셨어요?"

"제가 어떻게 알아요."

"저는 알아요. 그날 할아버지 손잡고 은평구 신사동 봉희 설렁탕에 갔어요. 현직 대통령이던 YS가 설렁탕을 먹으러 간 날이죠. 식사를 마친 YS는 가게에 있던 모든 사람들과 악수를 했고요. 검은 정장을 입은 경호원들이 무섭다고 울었어요. 할아버지는 설렁탕이 평소보다 진해서 입에 쩍쩍 달라붙는다고 좋아했죠."

"제 얘기예요? 김 주임 얘기예요?"

"당연히 제 얘기는 아니죠. 여기서 저는 중요한 사람이 아니거든요."

그 말을 하는 김 주임의 눈이 어딘가 슬퍼 보였다. 나에 관한 이야기가 맞는 것 같았다. 어릴 때 대통령과 악수를 한 기억이 어렴풋이 있었다. 설렁탕을 좋아하는 것도 사실이었다. 영업시간 제한 조치가 실시되기 전에는 새벽에 집 근처 24시간 설렁탕 집에 가는 게 일상이었다. 그때는 아직 술을 마실 때라 소주 한 병을 반주 삼아 뚝배기를 비웠다. 참이슬 후레쉬 빨간 뚜껑만 마시던 시절이었다. 김 주임이 말을 이어 갔다.

"2011년 한국야쿠르트가 팔도 봉희설렁탕 면을 출시했어요. 틈새라면과 공화춘에 이어 야심 차게 준비한 콜라보 상품이었죠. 얼마 안 돼서 봉희설렁탕은 유사수신 혐의로 경찰 조사를 받고 본사 압수수색을 당해요. 프랜차이즈 사업을 매개로 3억 원을 투자하면 매달 700만 원씩 연 28퍼센트 수익률을 올려 주겠다고 사람들을 모았던 거예요. 그렇게 모인 돈이 65억에 이르렀습니다. 봉희설렁탕 봉지면은 2년 만에 단종됐어요."

"갑자기 슬퍼지네요."

"그래도 울지 마세요."

"그냥 자꾸 눈물이 나요."

"계속 우니까 저도 슬퍼지잖아요."

김 주임의 눈이 빨개지더니 눈물이 부풀어 올랐다. 티슈를 석 장 뽑아서 건네자 기다렸다는 듯 엉엉 울기 시작했다. 내가 준 티슈로 코를 풀고, 코를 푼 휴지로 눈물을 닦고, 콧물이 계속 흘러나와 그걸로 코를 막았다. 그걸 보니 나도 속상해서 엉엉 울었고, 우리는 무릎을 꿇고 마주 앉아 진이 빠지도록 엉엉 울기만 했다.

"계속 울고 싶으신 거예요. 저까지 울게 만들 정도로. 그러면 계속 비가 올 거고요. 새 정부의 출범을 앞둔 시기에 적절한 처신이 아닙니다." 조금 진정된 김 주임이 숨을 고르며 말했다. "원하는 걸 말씀해 보세요."

"원하면 다 이뤄져요?"

"어지간해서는 그렇죠."

"내가 울어서?"

"당신이 울지 않을 수 있어서요."

김 주임이 돌아간 후 비와 관련된 기사를 찾아봤다. 봄에 긴 비가 내리는 게 드문 일도 아닌 데다가 지난 겨울 워낙 건조했던 탓에 비에 대한 여론은 나쁘지 않은 듯 보였다. 모두가 만족하는 건 아니었다. 국회의사당 앞에서 진행될 예정인 대통령 취임식 당일의 날씨 때문에 인수위가 골머리를 앓고 있다는 내용이 있었다. 그 밖의 단신으로는 김인수 인수위원장이 수해복구 현장에 방문했는데 에어팟 끼고 있던 게 걸려서 해명 기자회견을 열었다는 내용, 현장에서 나눠 준 김인수 씨의 마들렌에 대한 기자들의 평가가 호의적이었다는 내용, 탄천이 범람해 성남에 위치한 대법원전산정보센터의 업무가 일시적으로 마비됐다는 소식이 하루 간격으로 게재돼 있었다.

김 주임이 원하는 걸 정말 이뤄 줄지 어떨지는 몰라도 일단 진지하게 들어 주는 것만으로도 나쁠 게 없겠다 싶었다. 나이를 먹을수록 내가 원하는 바를 솔직하게 털어놓는 게 어려워진다. 일단 나 자신이 무언가를 진심으로 원하는 건지 남들이 원하기를 원해서 원하는 척하는 건지 확신하기 힘들고, 내가 원하는 바를 들은 상대방이 무언가를 요구받은 것처럼 느낄까 봐 조심스러워지기도 한다. 하지만 김 주임에게만큼은 부담 없이 말할 수 있을 것 같았다. 기본적으로 정부 쪽 사람이기 때문에 요구된 바를 정확하고 깔끔하게 조치할 수 있을 거라는 기대가 크지 않았고, 선거 때 별다른 역할이 없던 말단 공무원이었기 때문이다.

나의 첫 번째 요구 사항은 본체에 관한 것이었다. 일단 어딘가에 숨어 있는 본체를 당장 찾아내서 지금까지 일어난 모든 일에 대해 책임을 지도록 하는 것. 그게 아니면 절대로 내

옆에서 떠나지 않겠다고 약속을 하든지. (이 경우에는 나도 책임을 좀 나눠서 질 생각이 없지 않았다.) 둘 중 하나는 반드시 실행돼야 함.

둘째로 고양이 본인과 쿠팡 물류 센터 및 배송 사원들의 노동 환경을 개선할 것.

셋째, 노란색 민방위 점퍼 한 벌을 제공할 것. 오묘하게 칙칙한 색감이 마음에 들고 무엇보다 실용적일 것 같았다.

김 주임과 몇 번의 메일을 주고받은 뒤 구체적인 합의안을 작성하기 시작했다. 처음 두 가지 요구에 대해서는 쉽지 않다는 답변을 들었다. 애초에 예상했던 일이기 때문에 그리 놀랍지는 않았다. 논의는 결국 민방위 점퍼의 디테일에 관한 것으로 좁혀졌는데, 정부 표준 보급 물품을 받을 것인지 나를 위해 스페셜 에디션을 제작할 것인지를 두고 의견이 엇갈렸다. 어떤 식으로 결론이 나든 합의문에 서명을 하면 나는 우는 것을 멈춰야 했다. 종이 한 장이면 끝나는 일이었다. 그렇게 되기만 하면 비도 그칠 거라는 게 김 주임의 설명이었다. 피의자 신문조서 한 장 한 장 지문 날인 하던 날의 기억이 떠올랐다.

울음을 멈추는 방법에는 수술적 방법과 비수술적 방법이 있는데 최대한 후자 쪽으로 결정되도록 도와주겠다는 약속을 받았다. 실사를 위해 위원회 측 사람들이 우리 집에 한 번 더 방문하기로 했다.

그람 씨는 위원회와의 협상에 부정적이었다.

"내가 절대로 믿지 않는 것 세 가지가 있어요. 기상청의 일기예보. 구청 민원 부서의 검토 중입니다. 중국집의 출발했어요. 이것들의 공통점이 뭔지 알아요? 정부라는 거죠. 중국집만 제외하고요."

"그럼 어떻게 해요. 그냥 울음을 그치면 비도 그냥 그치고 마는 건데 합의하면 최소한 얻는 거라도 있잖아요."

"싸워 볼 만한 일을 싸우지 않고 넘기는 건 좋지 않아요. 저쪽에서 만만하게 볼 거라고요. 다음은 뭘 요구할 것 같아요? 가뭄이 들면 울어 달라고 할걸요?"

"울면 되죠."

"이번엔 민방위 잠바였는데 더 좋은 걸 줄 리 없죠. 정부의 자산처럼 이리저리 끌려다니며 필요할 때마다 울다가 그치다가 할 수도 있어요."

"글쎄요. 나는 그냥 사인할래요. 딸꾹질 5분만 해도 괴롭잖아요. 내가 지금 며칠째 울고 있는지 알아요?"

"그것만 기억해요. 내가 분명히 경고했다는 거."

"알겠어요. 기억할게요."

"하지만 당신이 잘못되면 도와줄 거예요."

"그럴 일 없어요." 정말로 그럴 일이 없기를 바랐다. "정말로 그럴 일은 없었으면 하네요." 정말이었다.

이제 와 하는 얘기지만, 당신의 친구가 진심으로 걱정하며 당신을 말린다면 한번쯤 여유를 갖고 생각해 보는 걸 추천한다. 그게 무슨 일이든 간에.

돌풍을 동반한 폭우가 내리던 날 국정원이 침수됐다. 국가정보원이 아니라 국가정보자원관리원이었다. 밤새 수도꼭지를 연 듯 콸콸 쏟아지는 눈물 때문에 잠도 못 자고 입술이 바싹 말랐다. 무슨 일이 일어나긴 일어날 거라고 예상하고 있었다. 그람 씨의 연락을 받고 티브이를 켜자 생중계 카메라가 대전 엑스포 공원의 꿈돌이 동상을 비추고 있었다. 목까지 물에 잠긴 꿈돌이의 얼굴이 수면에 동동 떠 있었다. 곧이어 국가정보자원관리원의 완전 침수 소식이 전달됐다. 전 국민의 주민등록 정보를 저장하는 기관이었다. 기자가 설명해 주기 전까지 존재하는 줄도 모르던 곳이었다. 하긴. 인터넷에서 공짜로 등본 뗄 수 있었던 게 누구 덕분이었겠어. 김 주임에게 전화를 걸었는데 받지 않았다. 잠시 후 김 주임에게서 문자 한 통이 왔다.

너무 늦었네요. 하루만 일찍 합의했다면 좋았을 텐데.

내 영화가 어떤 장르인지 이제는 알 것 같았다. 확실히 재난물이라는 사실을 부정할 수 없었다.

15

내 앞으로 체포 영장이 발부된 걸 알려 준 건 그람 씨였다. 북부지검에 근무하는 슬사모 회원이 내 이름을 보고 그람 씨에게 연락을 했다. 나도 만난 적이 있는 분이었다. 톨이라는 이름의 고슴도치를 10년째 키우고 있는 사람이었다. 고슴도치의 수명이 보통 길어 봤자 5년인데 톨은 여전히 건강했다. 밥도 잘 먹고 똥도 잘 싸는데 잠은 줄었다. 그런 톨이 고맙고 대견해서 우리는 같이 조금 울었다.

그람 씨가 사진 한 장을 보내왔다. 내 이름이 적힌 영장이었다. 급하게 찍은 듯 초점이 약간 나가 있었다. 혐의 부분이 이상했다. 내란음모죄였다. 내가? 내란을? 아무래도 외란보다는 내란이 나았다. 불행한 사람끼리 평화로운 건 서로의 불행을 가중시키는 거라고 생각했으니까. 하지만 내가 과연 어떤 종류의 내란을 음모했느냐고 묻는다면 전혀 아는 바가 없었다. 무서웠다.

선글라스를 쓰고 모자를 눌러쓴 뒤 집을 나왔다. 우산 위로 떨어지는 빗소리가 라디오의 어긋난 주파수 소리 같았다. 은색 스타렉스가 골목을 빠져나가는 나를 지나쳤다. 다시 생각하니 은색이라는 말은 당치 않았다. 은은 예쁘고 귀하잖아. 쥐색이란 말도 좀 그랬다. 쥐한테 미안하니까. 회색 승합차라고 하는 게 좋을 것 같았다. 정말 나를 잡으러 온 걸까? 두꺼비 식자재 마트에서 출발한 차는 아니었을까? 3만 원 이상 구매 시 무료 배송이 되니까.

계속 흘러내리는 눈물 때문에 선글라스에 금방 습기가 찼다. 마스크도 축축하게 젖었다. 영화에서 본 것처럼 휴대폰 유심 카드를 빼서 하수구에 버렸다. 어찌 됐든 추적을 피해야 했다. 현금이 없어 택시를 탈 수도 없었다. 교통카드를 찍어야 하는 버스나 지하철도 마찬가지였다. 편의점 앞에 서 있는 자전거가 보였다. 자물쇠가 없었다. 올라타서 냅다 페달을 밟았다. 범죄 일람표에 절도가 한 건 추가된다고 큰일이 날 것 같지는 않았다. 들고 있던 우산이 뒤로 날아갔지만 멈출 수 없었다. 내 뒤에 있는 사람은 모두 나를 잡으려고 한다.

성당 앞 처마 밑에서 비를 피했다. 그랍 씨가 그쪽으로 온다고 했다. 미사가 방금 끝났는지 사람들이 줄지어 건물에서 나왔다. 교회만큼 많은 사람은 아니었다. 교회라면 더 많은 사람이 부산스럽게 나와야 했다. 홀딱 젖어 있는 나를 힐끔거리는 눈길이 느껴졌다. 출구에서 사람들을 배웅하던 신부가 나를 향해 걸어왔다. 신부처럼 입었기 때문에 의심하지 않았다. 커다란 골프 우산을 쓰고 있었다. 예전에 수학여행으로 불국사에 갔는데 담임 선생님이 스님을 마주치면 합장하며 인사하라고 가르쳐 줬다. 선생님은 나중에 학부모들에게서 항의를 받았다. 교회에 다니는 학부모들은 서로의 연락처를 알고 있었다. 처음 보는 신부에게는 어떻게 인사를 해야 하는 걸까.

고민할 틈도 없이 앞에 온 신부가 내 주머니에 봉투 하나를 넣었다. 낯이 익었다. 언젠가 슬사모에서 털이 노란 강아지를 키운다고 이야기한 사람이었다. 그래, 이름이 남춘이였지. 신부 말고 강아지 이름이. 자기소개할 때 외국계 회사에 다닌다고 했었는데. 강아지 말고 신부가.

"본사가 바티칸이잖아요." 신부가 내 마음을 읽은 듯 말했다. "넉넉하진 않지만 급한 대로 넣었어요."

주머니에 손을 넣어 봉투의 두께를 확인했다. 말한 대로 다소 얇은 두께였다. 제발 5만 원…… 5만 원짜리길……. 신부가 내 손을 펴더니 차 키를 쥐여 주었다. 그가 가리키는 곳에 하얀색 폭스바겐 한 대가 세워져 있었다.

"기름은 넉넉하게 넣어 놨습니다. 축복도 해 두었고요."

"어디로 가야 하죠. 신부님."

"글쎄요. 최대한 사람들 눈에 띄지 않는 곳이어야겠죠. 지도에 안 나오는 곳으로 가세요." 신부님이 나의 두 손을 모아 자기 손으로 덮으며 말했다. "힘내요. 이성으로 비관하더라도 의지로 낙관해요."

"손이 참 크시네요."

"좋은 사제의 조건이죠."

폭스바겐의 핸들은 끈적끈적했다. 와이퍼는 반만 올라왔다가 천천히 내려갔다. 주행거리는 30만 킬로미터가 조금 넘었다. 성호를 긋는 신부를 뒤로하고 성당을 빠져나갔다. 액셀을 밟으면 앞으로 가고 브레이크를 밟으면 멈췄다. 그 정도면 괜찮은 것 같았다.

어디로 갈까 하다가 집 근처 공터에 차를 세웠다. 원래 있던 낮은 건물을 싹 밀고 스포츠센터가 들어설 거라고 했는데 아직 공사가 시작되지 않은 곳이었다. 나를 쫓는 이들은 터미널 및 항만을 주시할 것이다. 혹은 주요 길목에서 검문검색을 강화하고 있겠지. 그러니 집에서 멀리 떨어지지 않은 곳에 짱박혀 있기로 했다. 수배자들은 여관, 찜질방, PC방 등을 전전

하다 검거되기 마련이므로 평범한 실수는 피하고 싶었다.

주로 라디오를 들었다. 배터리가 방전되지 않도록 주기적으로 시동을 걸었다. 전산 센터 침수와 관련된 뉴스는 몇 건의 단신으로 처리되었을 뿐이었다. 그 정도면 꽤 큰일인 것 아닌가? 그것 때문에 나는 수배까지 됐는데 말이다. 정권 교체기에 흔히 발생하는 어이없는 에피소드 정도로 치부되는 것 같았다. 시사 대담 프로그램에서는 이런 말이 오갔다.

"글쎄요. 우리가 새로운 정부에 그렇게 큰 기대를 한 건 아니었잖아요? 어떻게 보면 지난 정부의 잘못도 없다고 할 수 없죠. 어차피 유지보수를 맡은 하청 업체가 있을 테니 그쪽에서 배상을 하든 어떻게 할 겁니다. 일단은 정권 교체기니까 북한도 무슨 관여를 했을 거고요. 습관적으로 노조, 관료제, 양당제 같은 것에 책임을 묻는 게 좋겠는데요. 그보다 저는 이렇게 무지막지한 비가 연일 쏟아지는 게 참 이상하거든요. 이건 누구 때문일까요?"

"그러게 말입니다. 장마철도 아닌데 말이죠. 사정 기관에서도 이 부분을 들여다보고 있다고 전해지죠?"

"누가 됐든 정의의 심판이 멀지 않았다는 걸 알았으면 좋겠네요."

"자, 그럼 정치권 소식 알아볼까요. 당선인이 적극적인 소통 행보에 나서고 있죠. 특별 편성한 「집밥 박통령」이 시청률 80퍼센트를 기록했는데요. 이번에는 「히든 싱어」 '박종일 편'을 준비하고 있다고 합니다."

한동안은 97.3메가헤르츠 KBS1 라디오에 주파수를 고정했다. 노래가 나오는 게 싫었기 때문이다. 거기서도 가끔씩 노래가 나오긴 했지만 전곡이 나오는 경우는 거의 없었다. 그래도 저녁 6시에 MBC FM4U 91.9에서 「배철수의 음악 캠프」 오프닝 하는 건 들었다. 마음에 좀 여유가 있으면 첫 곡까지 듣는 날도 있었다.

나중에는 도무지 할 게 없어서 주파수 다이얼을 이리저리 돌리며 시간을 보냈다. 듣다 보니 역시 97.3만 한 게 없었다. 「홍사훈의 경제쇼」가 참 괜찮았다. 단발성 이슈들로 채워지는 다른 시사 프로그램과 달리 거시적인 안목으로 이슈를 분석해 주었다. 95.9에서 하는 「이진우의 손에 잡히는 경제」는 너무 경제 일간지 같은 느낌이라 별로였다. 「손에 잡히는 경제」와 정당한 비교를 하려면 「성공예감 김방희입니다」와 해야겠지만 말이다.

사실 내가 듣고 싶은 건 「FM 영화음악 정은임입니다」였다. 정은임은 MBC 아나운서로 2004년 교통사고로 죽었다. 「정영음」의 첫 방송은 1992년이었는데 그땐 내가 너무 어려서 라디오를 듣지 않았다. 주로 티브이에서 하는 만화영화를 보던 때였으니까. 「정영음」의 지난 방송분은 팟캐스트로도 제공되고 있었다. 1990년대에는 라디오에서 책 광고를 굉장히 많이 했다는 걸 알 수 있었다. 말꼬리를 올리는 서울 말씨가 지금보다 도드라졌고 정성일도 젊었다. 틈날 때마다 들었는데도 이제 겨우 1993년 새해를 맞이했다. 인터넷이 되지 않으니 더는 들을 수 없었다.

내가 처음 들은 라디오 프로그램은 「유희열의 FM 음악도시」였다. 그때 늦게까지 안 자고 라디오를 들어서 키가 안 컸다. 우유도 안 좋아했다.

차에서 뭉갠 지 이틀 만에 정부의 공식 대책이 발표됐다. 유실된 주민등록 정보의 복구 시도를 했지만 잘되지 않았다는 것이 브리핑의 내용이었다. 기왕 이렇게 된 거 주민등록을 전면 갱신하겠다고 했다. 정말로 '기왕'이라는 말을 썼다. 너무 솔직해서 묘한 기분이 들었다.

기존의 주민등록증, 운전면허증, 여권 등을 지참하고 가까운 행정기관에 방문하면 된다는 안내가 이어졌다. 동사무소, 구청, 경찰서, 소방서, 세무서 아무 데나 가도 상관없었다. 검찰청은 예외였다. 거기는 아무나 함부로 막 가는 데가 아니니까. 바쁜 분들이기도 하고. 그 밖에도 몇 가지 질문 사항과 답변이 나왔는데 정리하면 다음과 같다.

Q. 법원은?
A. 거기도 안 됨. 사법부니까.

Q. 신분증 잃어버린 사람은?
A. 인우 보증의 일반 원칙을 적용. 신원이 확실한 성인 두 명의 보증으로 대체 가능.

Q. 국가정보자원관리원 광주 센터에 백업된 데이터가 있지 않은지? 이번에 침수된 쪽은 대전 본원인 것으로 알고 있는데?
A. 보안 규정상 구체적인 내용을 공유할 수 없는 점 안타깝게 생각합니다.

Q. 신원 도용 및 조세 회피, 범죄 은폐 등에 악용될 우려가 제기되는데?
A. 반드시 할 수 있다는 마음으로 더 큰 대한민국 만들어 나갈 것.

Q. 비는 언제 그치는지?

A. 내주 대통령 주제 기청제(祈晴祭) 실시 예정. 책임자 검거에 총력을 다하는 중. 시민 여러분의 소중한 제보를 기다림.

빈 생수병과 아이돌 인기 샌드위치의 잔해들이 차에 쌓여 갔다. 공터 한구석에 간이 화장실이 있어서 참고 참다가 정말 못 참을 것 같을 때만 볼일을 보러 갔다. 부패한 변 냄새에 머리가 어지러웠다. 최대한 호흡을 멈춰 봤지만 그러다 숨을 몰아쉬면 머리에 똥이 꽂히는 기분이었다. 나중에는 약간 중독적인 기분까지 들었다. 때때로 주유소의 유증기 냄새를 탐닉하는 것처럼…… 하지만 선택할 수 있다면 똥보다는 당연히 휘발유였을 것이다.

울음도 여전히 멈추지 않았다. 소금에 절인 듯 뺨이 쪼글쪼글해졌다. 거울에는 눈이 퉁퉁 부어 있는 낯선 사람이 들어 있었다. 의자를 뒤로 끝까지 젖혀 놓고 빗물이 흘러내리는 창문을 구경했다. 지갑 속에 꼬깃꼬깃 접혀 있는 사실확인서를 꺼내 보기도 했다. 집을 계약할 때 부동산 사장이 써 준 것이었다. 누렇게 변한 종이 속 글자들에 따르면 나는 확실히 내가 맞았다. 같이 있던 프레시매니저에게도 한 장 받아 놓을 걸 하는 후회가 들었다. 두 장이 있으면 근처 파출소에 가서 당장에라도 주민등록을 할 수 있었다. 물론 파출소를 나서기 전 검거되겠지만.

상계동에 잔뜩 쌓여 있던 주민등록증 생각이 났다. 그건 전부 누가 갖고 있지? 그걸로 우리들은 뭘 하고 있을까? 더 많은 우리들을 만들어 내는 건가?

지금 나한테 필요한 게 뭔지 알 것 같았다. 주민등록증이었다. 내 것이 아니어야 했다. 그걸로 새로운 사람이 되면 이렇게 숨어 지낼 필요가 없는 거다. 나를 계속 쫓을지는 몰라도 나는 이미 그들이 쫓는 사람이 아닐 테니까. 내가 내가 아니라면 나에 관한 것은 모두 의미가 없었다. 그래도 괜찮을까?

괜찮은 것 같았다. 오래 들어 놓은 보험도 없고 일을 하지 않은 지 한참 돼서 통장에 잔고도 얼마 없었다. 내 이름으로 된 땅이나 건물도 없으니 굳이 내가 나여야만 할 이유가 생각나지 않았다. 솔직히 내가 나라서 좋은 점을 별로 찾기 힘들었다. 그래서 본체도 나를 떠난 게 아니었을까. 그랬구나. 본체 이 새끼 내게서 뛰쳐나간 이유가 이거였어. 나를 못 견뎌서. 이제 알았네. 이런 개새끼. 본체에게 쌓여 있던 원망이 조금이나마 줄어드는 것 같았다. 완전히 사라지지는 않았다. 그래도 니가 나한테 그러면 안 되지. 근데 이제 와서 뭘 어쩌겠나 싶기도 하고.

연락할 수 있는 사람은 아무래도 오히 씨밖에 없었다. 리처드 펭귄은 사건 직후 추방당했고 지수 씨 블로그는 며칠 전에 들어가 보니 페이지를 찾을 수 없다고 나왔다. 정현, 창현 형제는 원래부터 별로 친하지가 않아서 뭘 부탁하기 좀 그랬다. 안거룩은 아무래도 꺼림칙했다.

동사무소에 갔다. 인터넷을 쓰기 위해서였다. 리모델링 중인 옛 동사무소 건물은 패널로 가리워져 있었다. 주민등록을 하려는 사람들의 줄이 건물 밖까지 길게 늘어서 있었다. 실내 한 켠에 마련된 인터넷 부스가 예전 그대로였다. 다행히 누군가 접속해 놓은 구글 아이디가 그대로 로그인돼 있었다. (구글 접속 시에는 항상 이 점을 조심해야 한다.)

오히의 유튜브 채널에 한 시간 전 최신 동영상이 올라와 있었다. 테니스 초보 탈출 브이로그 영상이었다. 오히 대신 자막이 많은 걸 설명해 주었다. 비가 그치지 않는 요즘 찌뿌둥하게 집에만 있다가 큰맘 먹고 실내 테니스 레슨장에 등록을 했고…… 오랜만에 땀을 흘리니 무척 상쾌한 기분을 느꼈고……. 테니스가 재미있고……. 영상 목록을 보니 요즘은 본체 관련한 콘텐츠를 올리지 않는 것 같았다. 구독자 수가 2만을 넘었고 조회 수 10만을 기록한 영상도 있었다. 유튜버로 어느 정도 자리를 잡아 가는 듯했다. 나는 댓글을 남기기로 했다. 오히와 나만 알 수 있는 이야기를 어색하지 않게 써야 했다.

—오늘은 양지사 플래너에 뭘 적으셨나요?

1분도 지나지 않아 오히의 답글이 달렸다.

──저녁 6시에 붕어빵 사러 가려고요. 곧 시즌 오프거든요. 팥과 크림이 반반 들어간 붕어빵 드셔 보셨나요?

　브라우저를 닫기 전 지메일에 들어갔다. 받는 사람의 주소를 보내는 사람과 같게 해서 메일을 보냈다.

　──동사무소 컴퓨터에 로그인 돼 있어서 로그아웃해 드립니다.

　부디…… 사이버 보안의 중요성을 되새기는 계기가 되었길.

　오히를 만나면 엉엉 울 수 있을 것 같은 기분이었다. 눈물은 계속 나오는데 우는 것은 아닌 상태를 견디는 일이 고역이었다. 간이 전혀 되지 않은 음식을 꾸역꾸역 삼키는 것과 비슷한 기분이랄까. 배가 전혀 고프지도 않은데 말이다. 젖은 양말을 신발에 구겨 넣고 빗속을 달리는 것과 감각적으로 유사했다. 비가 와서 달리다가 양말이 젖는 것과 다르다. 바싹 마른 발에 뻣뻣하게 말린 양말을 신은 다음에 웅덩이에 발을 담그는 거다. 깨끗한 물일 리 없다. 소금쟁이 둥둥 떠다닐지도. 발가락 사이에 물 아니고 끈적한 것 들어와 양말 벗고 싶은데 신발까지 신고 있는 거다. 아직 젖지 않은 신발이지만 비 맞으면서 점점 축축해지는 거다.

　오히를 만나면 엉엉 울 생각이었다. 내가 울면 오히도 같이 울 게 분명했다. 나는 절대 술을 마시지 않는데 그 이유를 들려준 사람은 오히가 유일했다. 진지하게 궁금해하는 사람도 없었고 진지하면 말해 주기가 싫었다.

내가 술을 마시면 다음 날 어김없이 사람이 죽었다. 아는 사람은 아니었고 어딘가 다른 곳 나와 관계없는 사람들이 죽었다. 일하다 죽고 쉬다가 죽고 불의의 사고로 죽었다. 아침 뉴스에는 매일같이 지난밤의 사고 두세 개를 묶어 한 꼭지로 틀어 주었다. 내가 술 마신 다음 날이면 꼭 사람이 죽었다는 보도가 나왔다. 술 마시지 않은 날의 뉴스에서도 사람이 죽었지만 그건 나 때문이 아닌 걸 알았다. 끔찍한 건 뉴스에서 사람이 죽었을 때 그 사람은 뉴스에서뿐 아니라 실제로도 죽었다는 사실이었다. 그래서 나는 내가 울어서 비가 온다는 말을 들었을 때도 당황하지 않았던 거다.(사실 좀 당황했음.) 충분히 그럴 수 있는 일이었다.

함께 전단지를 붙이다가 오히는 울었다. 오히가 수능 보고 온 날 우리들은 결국 치킨을 시켜 먹었고 오히는 집에 오는 길에 떡볶이를 사 먹었다며 치킨을 먹지 않았다. 케이크는 한 조각 먹었다. 일찍 잔다고 들어갔는데 한 시간마다 일어나 컴퓨터를 켜고 뭔가를 확인하더니 다시 방으로 들어갔다. 다음 날 오히와 나는 같이 전단지를 붙이러 나갔고 오히가 울면서 부모님 이야기를 했다. 리투아니아에 있는 것으로 알고 있던 부모님을 수능 끝나고 돌아오던 버스 안에서 봤다는 거였다.

오히는 버스 안에 있었고 부모님은 창문 밖에서 손을 잡고 횡단보도를 건너고 있었다. 깜짝 놀라서 기사 아저씨한테 문을 열어 달라고 했는데 길 한가운데서 내리는 사람이 어딨냐며 절대 열어 주지 않았다. 혹시 사고라도 나면 전부 기사 탓이 된다며 전에도 비슷한 일이 있었다고 했다. 그러는 사이 부모님은 길을 완전히 건너 버렸고 그사이 골목으로 걸어 들어간 듯 보이지 않았다. 오히는 상계동에 돌아오자마자 부모님에게 메일을 보냈지만 지메일은 수신 확인이 되지 않아서 오히가 보낸 메일을 부모님이 읽었는지 안 읽었는지조차 알 수 없었다.

그날 나는 오히에게 내가 술을 마시지 않는 이유를 이야기해 주었다. 다른 사람에게 말한 것은 처음이자 마지막이었으므로 일종의 개인적인 고백과도 같았다. 오히가 먼저 물어보거나 궁금해한 적은 없지만 무슨 말이라도 해 주고 싶었다. 오히는 내 얘기를 주의 깊게 들어 주었고 이야기가 끝날 때쯤 우리는 같이 울었다. 오히가 두 번째로 운 것이 부모님 때문인지 내가 해 준 이야기 때문인지 둘 모두가 반반씩 섞여 있는지는 잘 모르겠다. 그날 횡단보도를 건너던 두 사람이 오히의 부모님이 맞는지 아닌지도 나는 알지 못한다. 오히는 더 이상 그 얘기를 꺼내지 않았고 나도 함부로 물어보지 않았다. 하지만 나는 오히가 전단지를 붙이다 말고 전봇대처럼 서서

울던 그날을 기억한다.

붕어빵 수레는 예전에 있던 그 자리에 여전히 있었다. 그 일이 있고서 상계동에 오는 것은 처음이었다. 교회에 불이 나고서는 바로 집으로 돌아갔다. 뭔가 잘못된 게 분명했고 상계동으로 돌아가면 그 잘못에 전적으로 연루돼 있음을 시인하는 것 같았다. 연루되지 않았다고 주장할 생각은 아니었지만 시인하고 싶지도 않았다.

나는 좀 더 조심하기 위해 차에서 내리지 않고 붕어빵 수레를 천천히 지나쳤다. 붕어빵 사장님과 오히가 마주 보고 서 있었다. 둘은 아무것도 하지 않고 레고처럼 그냥 서 있었다. 붕어빵 사장님은 붕어빵을 굽지 않았고 오히는 사장님에게 붕어빵을 주문하지 않았다. 한 바퀴를 다시 돌아 지나가는데 붕어빵 사장님 귀에 꽂힌 이어셋이 보였다. 오히의 얼굴이 보이지 않아서 오히가 오히인 줄도 확신할 수 없었다. 세 번째로 지나가지는 않았다. 그랬으면 분명히 정장 입은 사람들이 튀어나와 차를 막고 나를 잡아갔을 것이다.

오히는 울고 있었을까? 등만 봐서는 알 수 없었다. 그래도 오히가 울고 있으면 좋겠다고 생각했다.

16

내 삶이 NG 모음으로 끝나기를 바란다. 방금 싸우던 사람도 그때는 같이 웃는다. 목소리도 달라진다. 배우는 진짜 사람이 되고 관객은 몰입해 있던 세계에서 한 발 빠져나온다. 지금까지 당신이 본 건 현실이 아닙니다. 우리는 카메라 앞에서 연기를 한 것뿐이에요. 안심하세요. 세계는 안전합니다. 아무것도 망가지지 않았어요. 누군가 모든 영화의 끝에 NG 모음이 붙어야 한다고 주장했다. 감독의 욕망은 대체로 음험하기 때문에 자신이 만든 세계에서 아무도 빠져나가지 않기를 원한다고. 불이 켜지고 영화관을 나선 뒤에도 현기증이 계속되기를 바랄 거라고. 공공 보건의 차원에서 NG 모음을 강제해야 한다고 했다. 나라면 아무도 웃지 않는 NG 모음을 붙일 것이다. 대사를 놓친 배우에게 화내는 스태프의 옆모습을 넣겠다. 같이 연기 못하겠다고 대본을 던지는 주연 배우를 넣을 것이다. 새벽 촬영을 준비하는 조연출의 피곤한 얼굴을 붙이고, 촬영 후 뒤풀이에서 오가는 뒷담화를 여과 없이 담을 것이다. 하지만 나의 NG 모음은 모두 연출된 것이다. 바로 뒤에 NG 모음의 NG 모음이 붙어야 한다. 그 뒤에는 또 NG 모음의 NG 모음의 NG 모음이……

그렇게 나의 영화는 끝나지 않는다.

17

비가 그쳤다는 걸 알았을 때 울음도 멈췄다. 반대일 수도
있다. 아직 동이 트지 않은 새벽이었고, 꿈 없는 잠을 자다가
번뜩 잠에서 깼다. 눈을 비비며 정신을 차리려고 노력했다. 주
변이 놀랍도록 조용했다. 내내 차를 때리던 빗소리가 멎어 있
었다. 정적이 진공처럼 귀를 울렸다. 눈을 뜨기 전 무슨 소리
를 들은 것 같기도 했는데, 그 소리는 아무래도 아무 소리 없
음인 듯했다. 어쩌면 기억하지 못하는 꿈의 일부였는지도 모
르겠다.

좁은 차에서 몸을 이리저리 뻗으며 기지개를 켰다. 한기가
느껴져 시동을 켜고 히터를 틀었다. 기왕 시동을 켠 김에 운
전을 하고 싶었다. 앞이 흐리지 않고 깨끗하게 보이는 감각이

오랜만이었기 때문이다. 창문과 눈 어느 쪽에도 아무것도 흐르지 않았다. 진창이 된 지 오래인 공터를 빠져나와 목적지를 생각하지 않고 달렸다. 길에는 차가 한 대도 없었다. 라디오를 켜고 주파수를 94.5에 맞췄다. YTN 라디오에서 나의 검거 소식을 알리고 있었다.

이례적인 집중 호우의 배후로 알려진 내가 지난 자정 신촌의 한 PC방에서 검거됐다. 용의자인 나는 현재 모든 혐의를 부인하며 경찰 조사에 응하지 않고 있다. 나는 주소지 근처의 한 편의점 앞에 주차돼 있던 자전거를 절도한 혐의로 긴급체포됐다. 경찰은 나에게 적용할 법리 검토를 마친 뒤 구속 영장을 신청할 것으로 알려졌다. 다음 소식은 금일 오전으로 예정된 대통령 취임식 속보였다. 당초 비 때문에 스튜디오에서 진행하기로 한 취임식이 원안대로 유튜브 채널「박종일의 일급요리」에서 생중계될 예정이었다.

머리가 복잡했다. 내가 잡혔구나. 나는 여기 있는데. 아주 나쁜 소식은 아닐 수도 있었다. 경찰에 잡혔다는 내가 나라면 나는 더 이상 도망 다닐 필요가 없었다. 나도 이제 미련 없이 내가 아니고 싶었다. 아무도 아닌 사람의 가장 불편한 점은 휴대폰을 개통할 수 없다는 점이었다. 유심 없는 공기계가 있긴 했지만 공터에서는 와이파이가 잡히지 않아 한동안 인터넷에 접속하지 못했다. 일단은 찜질방에 가기로 했다. 본인

확인을 요구하는 찜질방은 없으니까. 씻을 수 있고 심지어 수면실까지 있으니까. 허리를 완전히 펴고 잠들 수 있을 거라는 생각에 심장이 두근거렸다.

어릴 때 같은 반 친구네 집이 찜질방에서 매점을 했다. 생일 파티에 혼자 남아 나와 해피밀세트를 먹어 준 그 친구였다. 주말에 같이 찜질방 가서 살얼음 낀 식혜를 무한 리필로 먹고 계란도 다섯 개씩 먹었다. 새로 올린 5층짜리 건물을 전부 쓰는 찜질방인 데다가 오픈한 지 얼마 되지 않아서 사람이 진짜 많았다. 점심때가 지나면 노래자랑을 했는데 초대 가수까지 왔다. 찜질복을 입은 사람들이 바닥에 빽빽이 앉아 일사불란하게 손뼉 치는 모습을 보며 나는 알 수 없는 감정을 느꼈다. 이렇게 많은 사람이 같은 것에 똑같은 모습으로 열광하는 것이…… 두렵기도 하고 황홀하기도 했다. 친구네 이모가 이른 저녁으로 컵라면을 끓여 주었다. 뜨거운 물을 부은 게 아니라 냄비에 넣고 끓여 주었다. 그리고 나는 평생 그 맛을 잊지 못하게 된다. 해가 질 무렵 버스를 타고 집에 돌아오는 길, 나는 문득 이 순간이 다시 올 수 없다는 생각에 울었다.

오랜만에 찾은 찜질방에는 계란도 라면도 없었다. 대중 이용 시설의 실내 취식이 여전히 금지돼 있었다. 깨끗이 샤워하고 수면실에 드러누웠다. 목침에 머리를 대자마자 잠에 든 것 같다. 스스로의 코 고는 소리에 놀라 잠에서 깼을 때는 시간이 얼마나 지났는지 가늠할 수 없었다. 그저 아무도 나를 잡으러 오지 않아서 좋았다. 시간이 멈춰 있는 이상한 공간에 들어와 있는 것 같았다. 배가 고팠다. 아이돌 샌드위치 말고 다른 게 먹고 싶었다. 이를테면 제육볶음 같은 것. 백반집에서 제육볶음 하나 된장찌개 하나 시켜서 두 메뉴를 혼자 먹는 호사를 누리고 싶었다. 와이파이에 비밀번호가 걸려 있지 않았다. 다음 포털 메인에 검찰로 압송되는 나의 영상이 올라와 있었다. 수건으로 손목을 감싼 피의자는 안거룩이었다. 모자와 마스크를 썼지만 한눈에 알아볼 수 있었다. 그는 카메라 앞에서 고개를 숙이지 않았다.

찜질복을 벗고 탕에 들어갔다. 온탕에 발을 담그고 발목 아래가 빨갛게 변할 때까지 기다렸다. 열탕을 좋아한 적은 한 번도 없었다. 물론 시도를 안 해 본 건 아니다. 피부가 타 들어가고 장기가 익어 가는 느낌이었다. 오래 있으면 완전히 익어서 나 자신이 말도 못하게 질겨질 거라는 생각이 들었다. 이벤트 탕도 별로 안 좋아했다. 강원도인진쑥열탕 같은 화려한 이름이 매혹적이긴 했지만 내가 가 본 목욕탕의 이벤트 탕은 온도가 너무 미지근했다. 일반적인 온탕처럼 물이 계속 순환하지 않았다. 쑥 추출물의 농도를 맞추기 위해서였을 거다.

안거룩이라니. 안거룩이 내가 됐다니. 정정하기도 좀 뭐 했다. 저기요, 나를 잡아가세요. 나는 나고 안거룩이 아니니까 저를 검거하세요, 할 수는 없는 일이었다. 안거룩은 무슨 생각으로 내가 된 걸까. 나인 게 싫어서 도망간 본체 같은 새끼도 있는데. 본체가 될 수 없으니 나라도 되려 한 거라면…… 글쎄. 내가 되는 과정 자체는 어렵지 않았을 거다. 신원 보증인 두 명을 구하면 그만이니까. 내가 나일 수 없게 된 점에 아쉬움은 없었다. 그럼 나는 누가 되어야 하나 그게 골치 아플 뿐이었다. 발목까지 완전히 빨갛게 된 걸 확인하고 탕에 온몸을 담갔다. 머리부터 발끝까지 완전히 물속에 집어넣고 숨을 참았다. 살 갗은 뜨거운데 몸 안은 따뜻했다. 무언가가 내 안에서 녹아내리고 있었다. 녹아서 피부 밖으로 빠져나가는 게 느껴졌다. 그건 아마 나였을 것이다.

남아 있던 내가 나를 떠나고 있었다.

집이 엉망이었다. 현관문이 꺾여 있어 잠기지도 않은 상태였다. 옷장부터 찬장까지 안에 있던 것들이 전부 밖에 나와 있었다. 누가 보면 도둑이라도 든 줄 알겠어, 혼잣말을 되뇌었다. 신발장 옆 거울에 대자보처럼 압수수색영장이 붙어 있었다. 이 종이를 가져왔으니 그럴 만하지 않냐는 거였다. 이런 일을 당해도 싸다는 증명서 같은 것이었다. 남의 집을 어질러 놓고 치우지 않는다는 점에서 도둑과 수사기관은 별반 다르지 않았다.

베란다에 상자가 쌓여 있었다. 누가 와서 쓰레기라도 버리고 갔나 싶었는데 포장 상태가 깔끔했다. 전부 쿠팡 박스였다. 인기척이 느껴져 뒤를 돌아보았다. 고양이였다.

"왔어?" 고양이가 말했다. "고생했지?"

"응. 나 고생했어." 처음 받는 위로였다. "이게 다 뭐야? 네가 가져다 놓은 거야?"

"응. 너 쓰라고. 필요한 거 있으면 또 얘기해."

"받아도 되는 거야? 근데 지난번이랑 느낌이 다르다. 뭔가…… 의사소통이 한층 원활해진 느낌?"

"응. 나 이번에 주민등록 했거든. 김범석이라고 불러 줘."

"김범석? 굳이?"

알고 보니 이번 기회에 김범석이 된 사람이 많았다. 김범석은 정작 주민등록을 하지 않았다. 김범석의 본명은 Bom Kim으로 미국인이기 때문이다. 덕분에 김범석은 이제껏 쿠팡의 실질적인 오너임에도 기업집단 동일인 지정을 피해 왔다. 김범석의 경우 김범석 본인의 고유성을 주장할 기존 자료가 존재하지 않아 신청인 전부가 김범석으로 인정됐다. 공정위는 김범석들을 복수의 동일인으로 지정했고, 김범석을 제외한 김범석들이 김범석과 관련된 국내의 모든 권한을 행사하게 됐다. 이례적으로 빠른 공정위의 일 처리에는 숨은 이유가 있었다. 정권 교체기라 아무렇게나 해도 뭐라고 할 사람이 없기 때문이었다. 고양이는 이제 쿠팡의 직원이 아닌 쿠팡의 주인이었다. 쿠팡은 이제 로켓배송을 하지 않았고, 쿠팡이츠의 라이더는 노동자성을 부여받으며, 더 이상 사람이 죽지 않기로했다. 그래야 했다.

"너는 어떻게 할 거야?" 김범석이 내게 물었다.

"글쎄. 나는 이미 내가 아니라…… 나도 뭔가 정하는 게 좋겠지?"

"김범석은 어때? 내가 보증 서 줄게."

"싫어." 나도 모르게 단호한 대답이 나왔다. "보증 서 준다는 건 고맙지만. 쉽지 않은 일이니까, 보증이라는 거. 그래도좀 더 생각해 보는 게 좋을 것 같아."

"좋은 너를 찾길 바랄게."

"고마워. 요새 밥은 어디서 먹어?"

"길 건너 세탁소 사장님이 챙겨 줘."

"그래…… 건강해."

고양이와 나는 악수로 인사를 대신했다. 두툼한 젤리가 손바닥을 누르고 떠났다.

차가 있으니 확실히 편했다. 본체 때문에 차를 못 샀는데본체 덕분에 차가 생겼네. 근데 내 차는 아니다. 반납해야지생각은 했는데 막상 갖다 주려니 아쉬웠다. 집처럼 지내는 동안 정이 많이 들었는데. 이름까지 지어 주었다. 정지찬. 어디 돌아다니지 않고 주로 정지해 있었기 때문에 붙인 이름이었다. 지찬아. 이제 우리 헤어질 시간인가 봐.

갓 스무 살이 됐을 때 대림 핸디 스쿠터를 타고 다녔다. 그때도 이미 올드 바이크 취급을 받는 고물이었는데 중고로 40인가 50 주고 샀다. 이름은 박승호였다. 바이크 박에 탈 승. 좋을 호. 승호와는 좋은 시간을 많이 보냈다. 동대문이며 종로며 여기저기 많이 다녔다. 잘 타다가 친구한테 팔고 여행 갔다. 승호의 마지막이 어땠는지 항상 궁금했는데 그 친구와 연락을 하지 않아 알 길이 없었다. 지찬이와도 이제 그렇게 되는 거다. 이게 우리의 마지막이야. 그래도 눈물은 나지 않았다. 너무 많이 울었기 때문이다.

너무 오래 울었고, 대부분은 왜 울고 있는지도 모르면서 울었다. 가끔 엉엉 울었다. 다시는 울고 싶지 않을 만큼 지겹게 운 거다.

그람 씨네 집 앞에 차를 댔다. 우편함에 차 키를 넣고 가려는데 누가 나를 불렀다. 분리수거장에 그람 씨가 있었다. 멋쩍게 머리를 긁으며 가까이 갔다. 잠옷 바지를 입은 그람 씨는 페트병과 캔을 엇갈려 골인시켰다. 그람 씨가 어이없다는 듯 웃었다.

"왜 인사도 안 하고 가요?"

"휴대폰이 없잖아요."

"벨 누르면 되잖아."

"그건 좀 실례 같아서."

그람 씨는 마지막 맥주 캔을 납작하게 만들었다. 농구 선수처럼 오른 손바닥 위에 놓고 왼손은 거들 뿐이었다. 포물선을 그리며 날아간 캔은 목표를 벗어났다. 바닥에 떨어진 캔을 가만히 쳐다보던 그람 씨는 고개를 저으며 말했다.

"우리는 지고 있어요."

"그래도 비는 멎었잖아요."

"어차피 여름 되면 또 장마가 와요. 그때는 또 새로운 사람이 울게 될 거고요." 그람 씨가 나를 보는 눈이 먼 산 보는 듯했다. "나는 왜 항상 슬픈 건지 오래 생각해 봤거든요. 저는 그냥 개를 키우고 싶어요. 어렸을 때 키우기도 했고 커서도 키웠는데 지금은 안 키우고 있잖아요. 그러니까 저는 개와 함께하는 행복도 알고 그렇지 못해서 오는 불행도 잘 알아요. 슬프게 이별하는 것도 극복할 수 있어요. 진심을 다해서 사랑했으면 그만큼 괴로운 게 당연한 거잖아요. 그래서 슬픈 사람들한테 모이자고 한 거예요. 여러 사람이 모이면 힘이 생기니까."

"잘했어요. 저한테도 많이 힘이 됐어요."

"근데 번번이 지잖아요. 한 번도 이겨 보지를 못하고."

"이번에 졌어도 다음에 이길 수 있어요. 저는 그렇게 믿어요. 제가 세상에서 제일 싫어하는 부류의 인간이 있어요. 그 사람들이 꼭 하는 말이 이거예요. 니들이 지랄해 봤자 세상 안 바뀌어. 저는 그 말 진짜 웃긴다고 생각하거든요. 당신이 아무리 지랄해 봤자 우리도 안 바뀌거든."

"정말 안 바뀌어요?" 그람 씨가 그렁그렁해진 눈으로 물었다.

"바뀔 수도 있겠죠. 그래도 지금은 일단 안 바뀐다고 해 놓는 거야. 좀 센 척하면 어때요. 장담하는 거 좋지 않지만 하고 싶은 건 꼭 해야 되는 거예요. 이번에는 장담도 좀 해 보는 거죠. 한 번 싸우고 끝나는 게 세상에 어딨어요. 야구도 9회 하고 테니스도 한 세트에 여섯 게임 따야 돼요. 축구에는 로스타임이 있고 승부차기도 있잖아요. 이번 경기 끝나면 다음 경기 또 있고…… 우리 같이 참호를 파요. 전선을 넓게 만들고 각 부문에 속속들이 침투하자고요. 그리고 기다려요. 꼭 개를 키워요. 고양이도 좋고요."

그람 씨가 엉엉 울기 시작했다. 어깨를 들썩이는 그람 씨를 안아 주었다. 그람 씨에게서 마른 풀 냄새가 났다. 분리수거장의 냄새인 것 같기도 했다.

주말 점심 약속을 잡고 그람 씨와 헤어졌지만 약속 장소에 나가지 않을 생각이었다. 그람 씨는 좋은 사람이므로 좋은 사람들과 친교를 나누며 잘 지낼 것이다. 나는 이제 본체도 없고 내 이름도 안거룩이 가져갔으니 그러지 못할 것 같았다. 그럴 수 있어도 그냥 안 그러고 싶었다. 아주 나를 모르는 데 가서 새롭게 시작하고 싶었다. 솔직히 그러기에 아주 좋은 시기였다. 누구든 다른 사람이 될 수 있고 그런 것 가지고 아무도 뭐라 하지 않으니까. 지금 내게 필요한 건 새로운 이름과 나를 나라고 해 줄 신원이 확실한 성인 두 명이 전부였다.

처음 보이는 점집에 무작정 들어갔다. 점집에서는 점도 쳐 주고 사주도 봐 주니까 이름도 지어 줄 것 같았다.

"작명은 안 해 봤는데."

보살님이 너무 솔직해서 뭐든 믿어 보기로 했다. 믿기 힘든 무언가를 믿는 무용한 마음은 소중히 여길 만했다. 게르마늄 목걸이의 효능이라든가 이름을 지을 줄 모르는 무당 같은 것 말이다.

"괜찮아요. 그냥 지어 주세요."

"진짜 안 해 봤는데. 그래도 괜찮겠어?"

"그냥 너무 이상한 거만 아니면 돼요."

"그렇다면야…… 일단 사주부터 보자……. 무슨 띠야?"

"올해가 무슨 해더라……."

"올해는 호랑이지."

"저도 그거예요. 호랑이."

"몇 월?"

"10월요."

"며칠?"

"이거 진짜로 해야 되죠?"

"흠……." 돋보기를 코까지 내려 쓴 보살님이 나를 물끄러미 쳐다봤다. "그러게…… 진짜?로 해야 되나? 맘에 드는 날 있으면 골라 봐. 이름 새로 짓는 김에 다 새로 해 버려."

"24일."

"몇 시?"

"지금 몇 시예요?"

"10시 좀 넘었네."

"10시."

"그러니까 자네…… 가을 호랑이인 거잖아? 가을이라. 가을? 산에 먹을 게 많다. 열매 뚝뚝 떨어지고. 그러니까 호랑이한테도 좋아. 가을 호랑이는 풍족하지? 사과도 따 먹고? 밤도 까먹고? 배곯는 일은 없겠네. 활동적이고 자신감이 있어?"

"좋은 거네요."

"그렇지……. 근데 아침이다. 아침 호랑이야? 호랑이는 야행성이거든. 옛날이야기 보면 호랑이가 다 언제 와? 밤에 내려와서 사람 물어 가잖아? 그러니까 아침 호랑이는 좀 노곤해. 축축 처지는 느낌이지. 안 뛰어다녀. 주로 엎드려 있어. 좋게 말하면? 차분한데? 굳이 따지면 매가리가 없어."

"나쁜 건가?"

"그냥 성격이 그런 거지 뭐." 보살님이 허리춤에서 주머니를 꺼냈다. 끈을 풀어 주머니를 열고 햄스터처럼 손을 오므리더니 쌀 한 줌을 꺼내 뿌렸다. "그냥 캐릭터가 그런 거야."

"어때요?"

"물을 조심해야 돼. 그리고……."

"그리고?"

"MBTI는?"

"인티제."

"나왔네." 보살님이 기쁜 안색으로 책상을 쳤다. "이름이 딱 나왔어." 부적 쓰는 노란 종이에 빨간 물감을 찍어 이름을 써 내려갔다. 쓰다가 뭔가 생각난 듯 나를 보고 물었다. "근데 성씨가 뭐야? 성도 바꾸게?"

"네. 상관없어요. 아무거나 괜찮아요."

"그래…… 그게 좋겠어……. 이름하고 성이 어울려야 되거든."

내 이름이 적힌 종이를 건네받았다. 솔직히 좀 걱정했는데 생각보다 괜찮았다. 한자는 뭔지 잘 모르겠지만 하여튼 좋았다.

복채를 내고 나가는 길에 보살님이 나를 불러 세웠다.

"물을 조심해야 돼."

"알겠어요."

"그러니까 자네는 물을 꼭 백 번씩 씹어 먹어. 마신다고 생각하지 말고 천천히 씹어. 그러면? 걱정이 없어. 물은 답을 알고 있다는 말 알지? 많이 알고 입이 가벼운 녀석은 어디서도 환영받지 못하는 법이다. 물이 함부로 입을 못 놀리게 잘근잘근 씹어 먹어."

그렇게 내게는 새 이름이 생겼다. 아주 새롭게 시작할 준비를 모두 마쳤다. 내가 아는 사람은 모두 나와 멀어져야 한다. 인사해야 할 사람의 명단에 남은 이름이 없었다. 물은 반드시 백 번씩 씹어 먹을 생각이었다. 누구에게도 부끄럽지 않은 무해한 규칙이라 마음에 들었다. 평생의 신조로 삼을 만했다.

18

그렇게 10년이 흘렀다. 박종일의 유튜브 구독자 수는 2천만을 넘겼다. 그가 집권한 5년은 모두에게서 사라진 시기인 듯 아무도 기억하지 않았다. 누구도 어떤 식으로든 그 시간을 평가하지 않으려고 했다. 좋은 일도 있었고 좋지 않은 일도 있었지만 박종일의 탓은 아니었다. 정치는 계절성 이슈를 반복하며 관성적으로 흘러갔고 경제는 미국발 금리 인상의 영향으로 장기 침체에 들어갔다. 정부가 할 수 있는 조치가 있었겠지만 정부를 조치할 사람이 없어서 이도저도 잘 안됐다. 박종일은 퇴임하며 새오름 식당 7분 돼지김치찌개 레시피를 사회에 환원한다고 발표했다. 「박종일의 일급요리」에 이미 공개된 바 있어 큰 주목을 얻지 못했다.

그다음 선거에는 누가 이겼더라.

잘 모르겠다.

나는 새로운 이름으로 여기저기서 살았다. 청도의 과수원에서 사과를 따기도 하고 증평의 한삼인 공장에서 경비를 서기도 했다. 횡성의 식자재 마트에서 배달을 하는가 하면 죽변의 골뱅이잡이 배에서 화장을 맡기도 했다. 본체의 자취를 따라간 게 맞지만 본체를 찾으려고 한 건 아니었다. 어차피 이제 나도 예전의 내가 아니었으니 본체와는 완전히 남남이었다. 굳이 애써서 만나고 싶지도, 궁금하지도 않았다. 그냥 다니다 보니까 어쩌다 그렇게 됐다.

돌아다니며 손에서 놓지 않은 건 테니스뿐이었다. 일을 쉬는 동안 시간이 남아 시작했는데 평생의 취미가 돼 버렸다. 어딜 가나 테니스장 한 군데 정도는 있었고 여의치 않으면 벽에라도 대고 쳤다. 얼마 전 유튜브 채널 「머드Lee 이형택TV」의 '이형택을 이겨라' 코너에 참여하기도 했다. 이형택 씨도 이제 나이가 많이 들어서 매번 이기지는 못한다. 구독자들은 코너명을 '이형택아 이겨라'로 바꿔야 한다는 댓글을 단다. 나는 물론 졌지만 두 게임을 딴 것에 만족한다.

김광직 씨를 우연히 만난 것도 테니스장에서였다. 포칭이 좋아서 같은 편이 되면 거의 이겼다. 운동 끝나면 보통은 인사하고 헤어지는데 주차장 가는 길에 이야기를 좀 나눴다. 김광직은 경동시장에서 참기름을 판다고 했다. 그의 차 뒤에 본체의 얼굴이 붙어 있었다. 상계동 벽에 걸려 있던 그 그림이었다. 이제는 종영한 SBS의 「그것이 알고 싶다」에서 본체와 우리들 이야기를 한 번 다루기는 했다. 붕어빵 일곱 개로 모두를 먹였다는 증언이 화제가 되긴 했다. 하지만 그것도 벌써 10년 전 일이었다. 아직까지 본체를 기억하는 사람이 있는 게 신기했다. 내가 알은체를 하자 김광직은 깜짝 놀라며 반가워했다.

"본인을 아시는군요?"

"예…… 뭐…… 개인적으로 아는 건 아니고요. 「그알」 팬이었어서. 요즘도 가끔 옛날 클립 찾아서 봐요. 이 사람 결국 잠적한 뒤에 안 나타났죠? 아주 나쁜 새긴 거 같던데."

"세상이 뭐라고 하든 상관하지 않습니다. 제 목숨을 구해주신 분이거든요."

김광직의 눈이 빨개지더니 금세 눈물이 차올랐다.

그날은 다락원 체육공원에서 테니스를 친 뒤 북부지검 옆 홍이옥에 가서 같이 밥을 먹었다. 김광직이 자기가 낸다며 도가니 수육을 시켰고 나는 굳이 말리지 않았다. 그는 혼자서 소주 세 병을 비웠다. 나는 평소처럼 술잔에 물을 따라 마셨다. 김광직은 한때 목사였던 사람답게 이야기를 재미있게 할

줄 알았다. 아주 재미있지는 않았다. 그랬으면 목사를 계속했
겠지.

나는 그날에서야 그토록 궁금해하던 참기름에 대한 이야
기를 들을 수 있었다. 김광직은 목사를 그만둔 뒤 반목하던
권사를 찾아갔고 이제는 참기름 유통 사업의 동업 관계를 유
지하고 있었다. 그가 파는 참기름의 원산지는 묻지 않았다.

종종 서울에 올라올 때마다 김광직과 테니스를 쳤다. 내가
지방에 내려가 있을 때는 김광직이 오기도 했다. 시간을 맞춰
교외로 놀러 다니며 옻닭도 먹고 도토리묵밥도 먹었다. 술을
먹지 않는 내가 운전을 전담해서 김광직이 좋아했다. 치킨을
시키면 김광직이 퍽퍽살을 먹었고 내가 기름살을 먹었다. 내
가 상계동에 함께 있었다는 사실은 물론 말하지 않았다. 어
차피 나는 이제 그때의 내가 아니기도 하고 본체에 대해 굳
이 나쁜 말을 하고 싶지도 않았다.

김광직과 남당항새조개축제에 다녀오는 길에 들른 카페에
서 본체를 만났다. 폐교를 개조한 널찍한 홀 가운데에 화목
난로를 피워 놓은 아늑한 곳이었다. 눈이 마주친 순간 본체라
는 걸 알았지만 아무 감정이 들지 않았다. 반갑지도 놀랍지도
않았다. 본체도 마찬가지인 듯했다. 한두 번 나를 힐끗 봤지
만 그게 다였다. 수염을 많이 길러 완전히 다른 사람처럼 보
였다. 김광직은 불길 속에서 자신을 구한 사람이 자기 앞에

커피를 가져다 놓고 가는 걸 알아차리지 못했다.

크고 검은 개 한 마리가 방석에 엎드려 졸았다. 작고 하얀 개는 손님이 올 때마다 짖었다. 모두가 행복해 보였다.

19

이걸로 모든 이야기는 끝이다.

나는 박종일의 임기 중에 그를 직접 만난 일이 있다.

상계동의 한 돈가스 집에서였다.

20

유튜브 채널 「오히의하루TV」 중 《본체통신》 7호

(전략)

박종일은 자신을 찾아온 모든 자영업자들에게 말하였다. "나는 너희에게 프랜차이즈 지점을 준다. 그러나 나보다 더 큰 능력을 지니신 분이 오신다. 나는 그분의 직영점 오전 매니저할 자격조차 없다. 그분께서는 너희에게 새 이름으로 본점을 주실 것이다."

(후략)

21

리처드 펭귄은 고향 덴버로 돌아가 한국어 학원을 차렸다. 종종 시내의 한식당에 들러 제육볶음을 먹는다. 여전히 개털 알러지가 있으며 크리스마스에 마술 봉사를 한다. 슬하에 딸 두 명을 두었다.

22

김지수 씨는 직원으로 일하던 가게를 인수해 아직까지 운영하고 있다. 무엇을 파는 가게인지는 알지 못한다. 조만간 안양에 2호점을 낼 준비를 하고 있다.

23

박정현, 박창현 형제는 주민등록 갱신 당시 김범석과 김범석이 됐다. 김범석, 김범석 형제는 쿠팡 물류 센터의 노동 환경 개선을 위해 실질적이고 다양한 노력을 기울였다. 현재까지 김범석과의 지난한 법정 투쟁은 계속되고 있다.

24

오히 씨는 부모와 함께 캐나다로 이주했다. 리처드 펭귄과
종종 이메일을 주고받는다. 오히의 유튜브 채널은 2027년 1월
14일 이후로 업데이트되지 않고 있다.

25

안거륵은 대법원에서 징역 15년을 최종 확정받아 복역 중
이다. 절도, 특수공무집행방해, 현주건조물방화, 범죄단체조
직 등에 유죄가 내려졌으며 내란음모는 무죄로 판단됐다. 안
거륵이 아닌 다른 이름으로 형을 살고 있지만 안거륵은 이에
대한 이의를 한 번도 제기하지 않았다. 교도소 내 다양한 교
화 프로그램에 적극적으로 참여하는 등 모범수로 생활하고
있다.

내가 이 소설을 쓸 수 있도록 용기를 준 김인수 씨에게 감사의 인사를 전한다. 그는 나의 좋은 친구이자 동반자로 정치에 문외한이던 내가 5년간 국정을 운영하는 데 큰 힘이 되어 주었다. 비록 지금 김인수 씨는 불미스러운 사건으로 영어의 몸이 되어 있지만 서신을 통해 꾸준히 연락을 나누고 있다. 이 소설의 어딘가에 구멍 난 부분이 있다면 그 책임은 전적으로 나의 것이고, 혹시라도 일말의 장점이라도 발견된다면 훌륭한 의견을 준 김인수 씨에게 공을 돌려야 할 것이다.

당선 직후부터 취임 직전까지 이례적으로 지속된 강우는 나의 정부가 겪은 최초이자 최대의 위기였다. 나의 부탁이라면 어떠한 어려운 일도 마다하지 않는 사정기관 관계자들의 집요한 추적 끝에 당시 배후로 지목된 A씨를 대면한 바 있다. 그때 나눈 이야기를 바탕으로 허구를 섞어 완성된 이 소설이 얼마만큼의 진실을 담고 있는지는 굳이 밝히지 않겠다. 이 책으로 인해 A씨가 어떠한 종류의 불이익을 받는 것도 원하지 않는다. A씨는 평범하고 건실한 시민이다. 정당한 절차에 따라 부여받은 신분으로 생활하고 있다.

권두에 적은 왕의 시계탑 이야기는 최초에 구상한 소설의 도입부다. 이후 쓰게 된 내용과는 관련 없게 됐지만 빼지 않고 그대로 두었다. 언젠가 이어서 쓸 작정이기도 하거니와 마땅하게 떠오르는 다른 프롤로그도 없기 때문이다.

누군가는 나를 성공한 사업가라거나 반쯤 예능인이었던 사람으로 기억할지 모르겠다. 한 가정의 가장이자 한 나라의 대통령으로 기억되는 것도 영광이다. 하지만 나는 언제나 작가가 되기를 꿈꿨으며 이미 20여 권의 책을 낸 작가이기도 하다. 새 책을 내는 마음은 언제나 떨리지만 나의 첫 소설이라는 점에서 더욱 그렇다.

나의 유튜브 채널 「박종일의 일급요리」에 꾸준히 보내 주시는 관심에 감사드리며 팀원들의 무한한 건강을 빕니다.

본체와 함께, 지체로.
지체와 함께, 본체로.
본체와 함께, 지체로. 영영.

작가의 말

올해는 야구를 단 한 경기도 안 봤다. 너무 많은 야구를 봐서 놓친 지난 시간들이 무색해질 정도다. 야구는 시작부터 끝까지 매일 봐야 재밌다. 그렇게 보면 야구라는 게 재미없을 수가 없다. 그런 만큼 매일 계속 보지 않으면 야구를 잃는다. 10년 야구 본 사람도 20년 야구 본 사람도 올해 야구 안 봤으면 야구 안 보는 사람이 된다.

야구를 안 보고 뭐 했냐 하면 테니스를 쳤다. 너무 많은 테니스를 쳐서 살이 탔다. 발목에 양말 자국이 선명하다. 테니스를 치고 있을 때는 테니스를 더 치고 싶고 테니스를 치지 않을 때는 테니스를 치고 싶다. 이기면 테니스가 재밌고 지면 테니스가 재밌다.

하지만 내일부터 테니스를 치지 않을 수도 있는 일이다.

『엉엉』을 쓰는 동안 엉엉 우는 기분으로 썼다. 『ㅋㅋ』를 썼다면 ㅋㅋ거렸을 것이다. 소설 쓰면 소설처럼 되는 일이 잦다. 그래서 돈 많이 버는 소설을 두 개 써 봤다. 근데 그거는 또 그렇게 안 되더라. 하여튼 『엉엉』 쓰고 송고했는데 올해 비가 너무 많이 왔다. 마음이 좋지 않았다.

『엉엉』을 쓸 때는 엉엉 우는 기분이었는데 요즘은 '하하'로 살고 있다. 『하하』를 쓰지 않았는데도 그렇다. 내 소설은 아무것도 예지하지 못한다. 그냥 조금 자의식이 과잉된 작가인 것뿐이다. 그래도 엉엉 우는 사람들이 엉엉 울지 않게 되면 좋겠다. 그렇게 10년이 흐르는 동안 이 사람도 다시는 엉엉 울지 않았다.

하지만 내일부터 엉엉 울게 될 수도 있는 일이다.

글씨를 써 준 배우 박민우 씨에게 감사드린다. 법적 자문에 도움 주신 오승환 변호사 감사합니다. 특별 출연한 고양이 무무의 건강을 빈다. 외국계 회사 다니는 분의 평안을 위해 기도한다. 남춘이가 언제까지나 잘 달리고 호기심 많은 강아지

이기를.

늘 자리를 지켜 주시는 부모님 감사합니다.
용기를 주는 가족들에게 최대의 감사를.
할머니 사랑합니다.

꼼꼼히 애써 주신 정기현 편집자님과 발문을 써 준 강보원 작가를 비롯해 이 책을 만들기 위해 수고해 주신 모든 분께 깊은 감사의 마음을 전한다.

끝으로 '하하' 하게 해 준 분에게 감사합니다. 함께라면 '엉엉' 해도 슬픔의 자리가 없어요. 어떤 기적이 있다면 나는 대부분의 그것을 체험했다. 당신과 함께.

김홍

---

* 소설을 쓰는 중에 송해가, 책을 만드는 중에 고르바초프가 죽었다. 명복을 빈다.
** 민방위 점퍼는 노란색에서 녹색으로 바뀌었다.(2022년 9월 기준) 다시 바뀔 수도 있다.
*** 마지막 교정을 보는 현재(2022년 10월) 테니스 경기 중 부상(우측 발목 인대 파열)을 당해 테니스를 치지 못하고 있다.
**** 그람 씨는 물론, 안토니오 그람시다. 작중에 그람시의 말이 그람 씨가 아닌 목소리로 두 번 등장한다.

미래가 너무 가까이 있다

강보원(시인, 문학평론가)

중립국

"동무는 어느 쪽으로 가겠소?"

"중립국."

그들은 서로 쳐다본다. 앉으라고 하던 장교가, 윗몸을 테이블 위로 바싹 내밀면서, 말한다.

"동무, 중립국도, 마찬가지 자본주의 나라요. 굶주림과 범죄가 우글대는 낯선 곳에 가서 어쩌자는 거요?"

"중립국."

"다시 한번 생각하시오. 돌이킬 수 없는 중대한 결정이란 말이오. 자랑스러운 권리를 왜 포기하는 거요?"

"중립국."[1]

이 문답은 아마 한국 소설사에서 가장 유명한 장면 중 하나일 것이다. 잘 알다시피 소설 「광장」에서 이념적 갈등에 지친 명준은 결말부에서 자신을 포섭하려는 공산주의 측과 자본주의 측의 제안을 중립국이라는 말 하나로 딱 잘라 거절한다. 그렇다고 명준이 정말 구체적인 중립국에서의 삶을 원하는 것은 아니며, 실상 그는 중립국이라는 말을 되풀이하며 "유토피아의 꿈을 꾸고 있"[2]다고 해야 할 것이다. 이때 명준은 표면적으로는 인간적 삶을 불가능하게 하는 이념적 갈등, 남과 북이라는 이원론적 선택으로부터 도피하고자 하는 것처럼 보인다. 그러나 그것이 전부일까? 사실 이 문답 이후에 명준은 자신이 꿈꾸는 유토피아를 잠깐 그려 보는데, 이 짧은 스케치는 언뜻 이념적 갈등과는 별 상관이 없어 보인다. "모르는 나라, 아무도 자기를 알 리 없는 먼 나라로 가서, 전혀 새 사람이 되기 위해 이 배를 탔다. 사람은, 모르는 사람들 사이에서는, 자기 성격까지도 마음대로 골라잡을 수도 있다고 믿는다. 성격을 골라잡다니!"[3]

---

1 최인훈, 「광장」, 『광장, 구운몽』(문학과지성사, 1994), 170쪽.
2 최인훈, 위의 책, 187쪽.
3 최인훈, 위의 책, 187쪽.

즉 명준은 적어도 자신이 직접 밝히기로는, 이념에 앞서 자기 자신으로부터, '나'로부터 도망치고 있던 것이다. 그의 소망은 "전혀 새사람이 되"는 것이다. 이는 다시 말해 자신의 본체를 떠나는 것, 혹은 본체로부터 떨어져 나오는 것이다. 물론 명준은 중립국에 도착하지 못하고 중립국으로 향하는 배 위에서 바다로 투신한다. 하지만 그렇게 투신한 명준은 어떤 명준일까? 그는 분명 명준 그 자신일 것이다. 즉 그는 명준의 본체일 것이다. 그렇게 생각할 수밖에 없다. 그러니 우리는 자연스럽게 다음과 같은 의문을 떠올려 볼 수 있다: 명준의 본체는 바다에 투신했지만 본체로부터 떨어져 나온 명준의 지체가 그대로 배를 타고 중립국에 도착했을 수도 있는 것 아닌가?

그렇게 도착한 중립국이 바로 『엉엉』의 무대이다. '나'에 갇혀 있는 것이 너무나 괴로웠던 사람들, 그래서 결국 '나'를 잃어버리고 '나'로부터 버림받은 사람들이 이 중립국으로 모여든다. 이 중립국은 물론 유토피아가 아니다. 명준을 다그치던 장교가 지적했듯이 "중립국도, 마찬가지로 자본주의의 나라"인 것이다. 그리하여 그곳에서는 나의 눈과 입과 손이 나를 떠나고 나의 귀가 나를 등쳐 먹는다. 사람들은 아무 이름이나 주워서 쓰고 많은 이들이 쿠팡의 오너 권한을 행사하기 위해 "김범석"으로 이름을 바꾼다. 그것이 『엉엉』의 중립국이다. 쿠팡과 국어련, 이케아 조립과 달고나 커피의 나라.

그런데 이렇게 중립국으로 도피해야만 하는 것은 김홍 그 자신, 즉 『엉엉』을 쓴 작가로서의 '나'이기도 하다. 명준을 바닷속에 투신하게 만들었던 경직된 이분법적 관점을 다시 채택해 보자. 문학계는 분단되어 있는데, 한편은 문학주의의 나라이고 한편은 리얼리즘의 나라이다. 이 두 나라를 가로지르는 선은 '서사'라는 개념이다. 문학주의의 대가 토마스 베른하르트는 "산문의 언덕 너머로 조금이라도 이야기가 끼어들 기미가 보이면 곧바로 쏘아 죽인다."[4]라고 썼다. 온갖 사건들이 폭죽처럼 벌어지는 김홍의 소설은 물론 벌집이 될 것이다. 그리하여 김홍은 총을 들고 쫓아오는 토마스 베른하르트를 피해 리얼리즘의 세계로 망명하며 서사라는 이름이 적힌 여권을 내민다. 하지만 "문제는 여권 사진이 지금의 내 얼굴과 조금 달라 보인다는"(14쪽) 것이다. 그가 쓰는 서사라는 것이 어딘가 어긋나 있기 때문이다.

김홍 소설의 근본적인 난처함이 여기에 있다. 그는 본질적으로 어디에도 속하지 못하는 소설을 쓴다. 학급에 비유하자면 우등생도 아니고 양아치도 아니다. 그렇다고 평범한 학생

---

4 박인원, 「예술의 절대성과 완벽성 앞에서 한없이 무너지는 인간상」(토마스 베른하르트 저, 박인원 역, 『몰락하는 자』(문학동네, 2011), 164쪽.)

이라고 하기도 뭐한 게, 뭔가 공부를 열심히 하려고 하는 것 같기는 한데 왠지 그 공부가 그 공부가 아니어서 다들 얘가 뭘 하는 애인지 모르겠다고 생각한다. 김홍이 가고자 하는 곳 은 말을 통해 소통하고 사람들의 심금을 울리는 문학의 세 계도 아니고, 말이 갖는 권력에 저항하며 아우라를 획득하는 문학의 세계도 아니다. 김홍의 소설은 말의 불가능성을 향해 달려가는 것이 아니라 말 같지도 않은 말의 세계로 간다. 밑 도 끝도 없이 중립국, 중립국을 외친다. 그런 곳이 없다는 것 을 알면서도. 그런 곳이 없기에 더더욱, 그 없는 세계를 요청 하면서.

원근법의 상실

아는 사람만 아는 전설적인 광고가 있다. 카페에서 메뉴 를 고르는 사람, 창고에서 연습 중인 밴드의 기타리스트, 포 장마차에서 뭔가를 먹고 있는 사람, 작업실에서 작업을 하고 있는 DJ 등, 정말이지 각계각층의 사람들에게 좋아하는 색이 뭐냐고 물어본다. 조금 더 정확히는 검정색과 빨간색 중 무엇 이 더 좋냐는, '블랙이냐 레드냐'라는 질문이다. 사람들은 각 자 좋아하는 색을 대답한다. 난 블랙, 난 레드…… 그리고 갑자기 축구선수 베컴이 나와서 어눌한 한국어로 대답한다. "난 둘 다." 그 말은 발음이 너무 뭉개져서 '낭둥다' 같은 말로 들린다. 모토로라 핸드폰 광고에 갑자기 왜 베컴이 나왔는지, 왜 굳이 어눌한 한국어로 그 말을 해야 했는지, 색깔을 둘 다 고르는 게 괜찮은 거면 왜 앞의 사람들은 한 색깔만 골랐는지, 아무도 아무것도 알지 못한다. 그리고 내 생각엔 아마도…… 그것이 김홍의 중립국에서 일어나는 일들을 가장 잘 보여 준다고 생각한다.

"난 둘 다." — 이것은 서사의 방식이 아니다. 서사는 무엇보다 질서에 대한 것, 어떤 인식의 원근법에 대한 것이기 때문이다. 가령 과거는 멀고, 현재는 가까우며, 미래는 다시 멀다. 그리하여 인식의 원근법은 과거는 작게, 현재는 크게, 미래는 다시 작게 그린다. 마찬가지로 개인적인 것은 사소하므로 작게, 정치적인 것은 중요하므로 크게 그린다. 물론 문학-예술은 작은 것을 중요하게 보는 기술을 숙련한다. 예컨대 롤랑 바르트의 풍크툼은 배경에 위치한 사소한 사물을 사진의 가장 결정적인 요소로 바라보게 하는 기술이다. 그러나 김홍은 이 원근법 안에서가 아니라 원근법 자체를 상대화하는 방식으로 원하는 것을 얻는다. 마치 블랙과 레드의 이분법을 무참히 깨고 나아가는 베컴처럼…… 김홍의 원칙은 중요한 것을 크게 그린다는 것이다. 그것이 아무리 멀리 있더라도 말이다. 그리하여 멀리 있는 것과 가까이 있는 것은 원근법적 매개를 무시하고 곧바로 접합된다. 이런 원칙은 일관되지만 통용될 수는 없다. 그것은 오히려 이러한 원칙이 통용되는 새로운 세계를 요청한다. 그것이 바로 김홍의 서사가 황당무계해지는 과정이다.

예컨대 과거의 기억, 어린 시절의 이야기는 우리에게 지나간 것이고 따라서 아주 사소한 것으로 남아 있어야 한다. 그런데 김홍의 소설에서 이 원근법은 철저히 파괴된다. 그의 소설에서 어린 시절의 기억이 그토록 특권적으로 다루어지는 것처럼 보이는 이유는, 우리가 그것을 아주 멀리서 보는 데에 익숙해져 있기 때문이다. 김홍은 과거의 기억을 특권화한다기보다 단지 그것이 현재와 같은 크기로 그려졌을 때 보이는 세계를 그린다. 그래서 그의 세계에서는 '국어런'의 어린 이들이 "우유 급식 사업자 선정과 교육감 선거에 관여했다는 의혹"(78쪽)으로 당국의 수사 선상에 오르는 등 현실 정치의 중심이 되고, 경찰이 취조를 하는 동안 갑작스럽게 "학창시절 교우 관계는 원만했나요"(120쪽)라고 묻는 황당한 일들이 태연하게 벌어질 수 있는 것이다. 애초에 그가 취조를 받게 된 이유이자 『엉엉』의 가장 큰 사건이라 할 만한 '본체의 밤'은 '전지체의 본체화'라는 모종의 정치적 성격을 띠고 있지만, 그것의 사실상 유일한 형식은 본체의 생일 파티가 될 수밖에 없다. 그 생일 파티는 어렸을 때 반장의 생일과 겹쳐 아무도 오지 않았던 과거의 기억으로부터 연원한다. 지금 우리는 서사의 흐름을 따라 본체를 이해하려는 것이 아니라, 그러한 과거의 기억이 매개 없이 작품의 현실 일부가 되는 상황에 대해 이야기하고 있다. 여기에는 그렇게 삐뚤어진 본체가 어떤 인물이 되어 나쁜 짓을 꾸민다는 식의 서사가 자리하고 있는 것이 아니다. 그는 그냥 생일파티를 다시 열려고 하는 것이다.

마찬가지로 개인적인 것은 정치적인 것과 곧바로 결합한다. '개인적인 것이 정치적인 것이다.'라는 말은 우리 시대의 구호이다. 다른 한편에는 그런 순진한 결합을 의심하는 사람들이 있다. 아마 그런 사람들 중 하나일 히토 슈타이얼에게 "고양이 움짤"은, 마치 리얼리티 쇼처럼 이 개인에게 "영구적인 과민성 우울증 상태를 일으켜 감각 기관과 어쩌면 추론 및 이해 능력까지 완전히 해체하고 다시 설계"[5]하는 일련의 자극들 중 하나에 속한다. 하지만 김홍에게서 고양이는 직접 쿠팡 물류센터 노동자가 되어 일한다……. 이것은 단순히 고양이에 대한 사랑을 정치적인 것의 자리에 기입하는 기술이 아니다. 고양이에 대한 사랑 그 자체가 정치적 동지애와 같은 어떤 것

---

5 히토 슈타이얼 저, 문혜진·김홍기 역, 『면세 미술』(워크룸프레스, 2021), 103~104쪽.

으로 변화하는 것이다. 만약 고양이가 노동자라면…… 그러니까 여기서 김홍은 개인적인 것 안에 있는 정치적인 모습을 발견하려는 것이 아니라, 개인적인 것에 우리가 쏟아붓는 그 정념 자체가 곧바로 정치적인 것이 되는 세계를 상상하고 있는 것이다.

만약 그런 세계가 현실이 되면 무슨 일이 일어날까? 우리는 눈물을 멈출 수 없을 것이다. 매일 슬픈 일들이 일어나고 있기 때문이다. 그것은 우리를 탈진하게 만들 것이고, 살아갈 수 없게 만들 것이다. 『엉엉』의 자동적 눈물은 세계의 슬픔과 직접 접합된 화자가 겪는 과부하이다. 그런데 이상하게도 김홍은 이 소설이 우리가 울음을 멈출 수 없기 때문에 쓰인 것이라고 하지 않는다. 그는 오히려 반대로 말한다. 그것은 "당신이 울지 않을 수 있어서"(162쪽)라고. 그렇다면 울지 않기 위해서는 무엇이 필요할까? 내 생각에 그 열쇠는 바로 친구들이다.

친구의 문제

우리는 사실 친구만 있다면 무엇이든 할 수 있다. 무엇보다 친구는 생각을 바꾼다. 등산을 싫어하는 사람이 산에 오르게 만들 수도 있을 정도다. "솔직히 등산이란 걸 내 의지로 준비해서 나선 적은 한 번도 없었고 등산을 왜 하는지 이해할 수도 없었다. (……) 그래도 만약에 본체가 우리들이랑 같이 산에 갈 생각이 있냐고 물었다면? 갔을 것이다. 혼자 있으면 심심하잖아."(138~139쪽) 사람들은 한국의 끼리끼리 문화를 비난하며 공정성을 열망한다. 「쇼미더머니」를 이야기할 때 빠지지 않고 나오는 이야기도 인맥힙합에 대한 이야기다. 문학도 마찬가지다. 누가 누구의 스승이고 제자고, 얘는 얘랑 친해서 작품이 좋다고 말하는 거고……. 그런 비난의 요점은 사람들의 사적인 관계에서 오는 감정들 때문에 진리와 아름다움이 상실된다는 것이다. 하지만 한나 아렌트에 따르면, 우정(친구)은 아름다움이나 진리 자체보다도 더 중요하다. 예컨대 그는 플라톤과 같은 옛 저자들의 사상이 낡았고 오류투성이라며 외면하는 이들에게, 우리가 우정의 중요성에 대해 이해한다면 "플라톤에 대한 비판이 전부 옳다고 하더라도, 우리는 플라톤이 여전히 그를 비판하는 사람들보다 더 나은 동행임을 이해하게 될 것이다."[6]라고 말한다. 왜냐하면 아렌트가 보기에 세계를 만들고 보존하는 일은 결국 미나 진리의 판별이 아니라 "과거는 물론 현재의 사람들, 사물들, 사상들

---

6 한나 아렌트 저, 서유경 역, 『과거와 미래 사이』(푸른숲, 2005), 302쪽.

가운데서 자신의 동행을 선택하는"[7] 우정의 행위에 달려 있는 것이기 때문이다.

즉 친구의 문제는 세계의 문제다. 『엉엉』에서 끊임없이 교우 관계가 문제되는 까닭은, 김홍은 우정이 결국 누구와 어떤 세계를 만들 것인가의 문제라는 것을 알고 있었기 때문이다. 『엉엉』에는 두 종류의 친구들이 나온다. 하나는 화자가 동사무소에서 만난 '슬픈 사람들의 모임', '슬사모'다. 다른 하나는 본체의 생일 파티를 위해 모인 우리들이다. 그러나 『엉엉』에서 우리들의 모든 인물들은 화자와 끝내 결별한다. 소설의 마지막에서는 우리들의 핵심인 본체마저도 아무 감흥을 주지 못하는 타인으로 남는다. 반면 '슬사모'는 매일 부대끼지도 않고 서로 무관심한 듯하지만 끝끝내 모종의 우정을 지켜 낸다. 아마 김홍은 우리가 친구가 되기 위해서는 먼저 우리들이라는 말로부터 벗어나야 한다고 말하는 것일지도 모른다. 왜냐면 친구는 남들끼리만 될 수 있는 것이니까. 김홍이 믿는 것은 그런 친구들이 만들어 갈 세계다.

그렇게 우리들에서 벗어나는 순간 갑작스럽게 결말이 찾아온다. 그것은 아무것도 해결된 건 없지만 울음이 그친 미래다. 미래는 무엇인가가 이루어진 세계가 아니라 무엇인가를 기대

---

7 한나 아렌트, 위의 책, 302쪽.

할 수 있는 세계다. 그렇다 하더라도 김홍의 소설에서는 과거처럼, 미래가 너무 가까이에 있는 것 같다. 문제는 이렇다. 정말 그런 세계를 믿을 수 있을까? 무엇인가를 기대할 수 있다는 전망마저도 실은 너무 낙관적인 것이 아닐까? 이것은 아마 합당한 비판일 것이다. 하지만 나는 그런 세계를 믿을 수는 없을지라도, 그런 세계를 믿는 누군가는 믿는다. 그를 믿을 수 있기에 그런 세계도 믿을 수 있게 된다. 나의 또 다른 친구인 한나 아렌트식으로 이야기하자면 이렇다. 김홍에 대한 그런 비판이 모두 옳다 하더라도, 나는 여전히 김홍이 그를 비판하는 사람들보다 더 나은 동행임을 이해한다. 우정은 그런 방식으로 세계를 만든다. 『엉엉』은 그 미래를 가까이서 본 모습이다.

오늘의
젊은 작가
39

엉엉

김홍 장편소설

1판 1쇄 펴냄 2022년 11월 11일
1판 3쇄 펴냄 2023년 6월 5일

지은이 김홍
발행인 박근섭·박상준
펴낸곳 **(주)민음사**

출판등록 1966. 5. 19. 제16-490호
주소 서울시 강남구 도산대로1길 62(신사동)
      강남출판문화센터 5층(06027)
대표전화 02-515-2000 | 팩시밀리 02-515-2007
홈페이지 www.minumsa.com

ISBN 978-89-374-7339-5 (04810)
ISBN 978-89-374-7300-5 (세트)

* 잘못 만들어진 책은 구입처에서 교환해 드립니다.